DIMENSIONES

RELATOS SIN TIEMPO

Sergio R. Helguera nació en la Ciudad de Buenos Aires, Argentina, en el año 1979. Estudió Ingeniería en Informática en la Universidad de Buenos Aires (UBA) para luego volcarse hacia el Diseño Gráfico. Actualmente es socio activo de la Sociedad Argentina de Escritores (SADE), liderando un grupo de jóvenes escritores de diferentes géneros para la promoción y difusión de la literatura. Ha escrito varias obras, entre ellas novelas, historietas, ensayos y guiones. Ganador de numerosos concursos de literatura, siempre se destacó por su narrativa detallada y un estilo personal de transmitir al lector las experiencias y sensaciones que los protagonistas viven en cada una de las páginas. Entre sus títulos se puede encontrar *El Faro de Fuego*, *Tren 307* y *Código Magnus*.

Ezequiel L. Pineda nació el 23 de febrero del año 1981 en la Ciudad de Buenos Aires, Argentina. Transcurrió sus estudios en el barrio natal de Flores, destacándose desde temprana edad gracias a su habilidad para la ilustración y la narrativa. Su estilo profundo y ameno consigue sumergir al lector en los mundos creados por su magia. Miembro activo de la Sociedad Argentina de Escritores, actualmente es un reconocido ilustrador de historietas a nivel internacional. Entre sus trabajos se pueden destacar *Alpha Gods, (Orangutan Comics) Hunterprey y The Showdown (Broken Icon Comics)*.

SERGIO HELGUERA
EZEQUIEL PINEDA

DI MEN SIONES

RELATOS SIN TIEMPO

Colección **ROEZ** Volumen I

EDITORIAL
FJDH

Helguera, Sergio R.
    Dimensiones : relatos sin tiempo / Sergio R. Helguera ; Ezequiel Luis Pineda. - 1a
ed . - Ciudad Autónoma de Buenos Aires : Fundación Jóvenes por los Derechos
Humanos, 2015.
    272 p. ; 19 x 12 cm.

    ISBN 978-987-3974-03-8

    1. Narrativa. I. Pineda, Ezequiel Luis II. Título
    CDD A863

Primera edición en la Argentina bajo este sello: diciembre 2015
Editorial FJDH
Diseño de tapa e interiores: *Studio Impakto*

Impreso en la Argentina.

ISBN 978-987-3974-03-8
Queda hecho el depósito de la ley 11.723

ÍNDICE

EL LIBRO DE LA VIDA

Sergio Helguera

El cielo plomizo, sombrío, silencioso, oscuro, se extendía firme y seguro sobre la ciudad aquella ventosa y fría tarde de otoño. Cayendo libremente a merced del viento, las diminutas pero penetrantes gotas de lluvia estallaban en mil pedazos al golpear el desprolijo dibujo que formaban las baldosas bajo sus pies. Un mar de paraguas se desplazaba en su búsqueda incesante por darle razón a su existencia, mientras las luces comenzaban a teñir de colores las calles de la ciudad.

Esquivando con rapidez un charco de agua, Marcos continuó a paso firme, deseando llegar pronto bajo la calidez del techo de su hogar. Era un día perfectamente normal en la siempre tranquila ciudad que lo había visto nacer y crecer. Asió con firmeza su desgastado paraguas en su lucha desigual contra el viento y avanzó por la acera sin levantar la vista. Sumergido en profundos pensamientos, sus pies lo guiaban a destino, como lo hacían cada día de la semana al salir del trabajo. Se detuvo. El golpeteo constante y monótono de la lluvia lograba menguar en parte el murmullo de la gente a su alrededor. Contempló su entorno, todos parecían tener su mismo objetivo: regresar al hogar, a la hermosa sensación de un abrazo de bienvenida, o tal vez al cálido sentir de un beso, o quizás el ansioso y alegre ladrido de un perro. Pero sabía que nada de eso lo esperaba a su regreso y, aunque ya no recordaba la gratificante sensación de una sincera bienvenida, en su interior guardaba la eterna esperanza que las cosas cambiarían. Y pronto.

La destellante luz verde del semáforo se abrió paso entre las gotas de lluvia. La multitud avanzó. Por un instante quedó absorto en sus pensamientos, sin advertirlo, sumergido en su propio mundo. Miles de rostros cruzaban a su alrededor, desconocidos que tal vez nunca más volvería a ver, miles de historias en cada uno de ellos. Miradas perdidas, preocupadas, pensativas, alegres y distantes, enamoradas, tristes o cansadas pasaban por su vida como estrellas fugaces. ¿Qué misterioso e imperceptible hilo del destino las unía? Infinitas historias de amor, de aventura, engaños y alegrías, éxitos y fracasos se escabullían en las calles de la ciudad, cruzándose entre ellas como una telaraña de dimensiones incalculables. Historias increíblemente diseñadas, ocultas e inalcanzables hasta para el más hábil de los escritores. ¿Qué incomprensible hechizo los juntaba cada día por la misma senda, a la misma hora y, sin embargo, no se reconocían? ¿Acaso el destino cubría con un manto impenetrable cada una de aquellas vidas, hasta el preciso momento en que, necesariamente, se cruzarían? Sabiendo que nunca hallaría su respuesta, continuó su recorrido habitual, abriéndose paso por la atestada avenida.

Marcos se consideraba una persona "normal", desprovista de historias fascinantes ni anécdotas increíbles, tampoco cargaba un pasado digno de relatar, ni grandes ambiciones a alcanzar. En aquellos días, su vida giraba en torno a su trabajo, sus pocos pero fieles amigos y a la paz que su música le brindaba. A sus cuarenta, podía sentirse conforme con lo que había alcanzado. Carecía de grandes aspiraciones ni sueños imposibles, su sencilla y cómoda vida lo había llevado a ser una persona serena, de pensamientos profundos y poca palabra. Podía disfrutar de su propia compañía en el silencio de las noches, aunque nunca había abandonado su deseo de formar una familia. Alguien con quien compartir sus malos y buenos momentos, sus sueños y anhelos, alguien con quien caminar bajo la lluvia.

Un insulto apenas audible lo alejó inmediatamente de sus pensamientos, al tiempo que su paraguas golpeaba la cabeza de un joven que pasaba con prisa a su lado. Al doblar en una esquina, entornó los ojos y suspiró profundamente. Menos de cien metros lo separaban de su hogar. Avanzó con más rapidez, saludando con un ademán a los encargados y vecinos que, como cada tarde, lo veían pasar a la misma hora. Para ganar tiempo introdujo su mano en el bolsillo, en búsqueda de las llaves. Movió rápidamente sus dedos húmedos hasta chocar con el frío metal y escuchar el característico sonido. Fue en ese momento cuando la vio.

Una delgada y elegante silueta de mujer se recortaba contra la puerta de su hogar. No podía ver su rostro. Su largo abrigo color escarlata cubría casi de forma perfecta su fina figura. Sus cabellos negros como la más oscura de las noches se extendían sobre su espalda, ajenos por completo a la inclemencia del tiempo. A medida que se acercaba, Marcos la observó alejarse lentamente, con un andar firme y etéreo, casi imperceptible, y perderse entre la gente. ¿Quién sería aquella extraña dama? ¿Acaso se había equivocado de dirección? ¿Lo estaría buscando a él? Miles de preguntas se entrecruzaron por su mente. Por más que lo intentase, no recordaba conocer o haber visto a ninguna mujer con esa increíble soltura y elegancia en su porte.

Haciendo bailar las llaves entre sus dedos, Marcos atravesó con cierta celeridad la angosta entrada, para luego subir los escalones de mármol que lo conducían a la puerta de su hogar.

Giró la cabeza una última vez, cerciorándose que aquella extraña mujer no lo estuviera observando. Nadie había allí. Cerró el paraguas y, luego de sacudirlo con fuerza, giró la llave hasta que la puerta se abrió con un suave chirrido. Fue justo en ese preciso instante cuando sintió el golpe en la punta de su pie. Bajando la mirada lo vio. Allí, sobre el piso, justo delante de él, un pequeño paquete prolijamente envuelto.

¿Qué es? ¿Un regalo? ¿De quién será? Faltaba mucho para su cumpleaños; igualmente, no conocía nadie quien le dejase un regalo. ¿Acaso la extraña mujer tendría relación con aquel objeto? Se agachó para recogerlo y lo alzó cuidadosamente hasta la altura de sus ojos. Se sentía pesado. Tenía el tamaño de una caja de zapatos. Sacudiéndolo suavemente sintió algo en su interior que golpeaba los lados. Se lo acercó a su oreja, pero no emitía sonido alguno. Frunciendo el entrecejo en un gesto de perplejidad, entró a la casa con el paquete en sus manos.

Un charco de agua de lluvia se dibujó en el reluciente piso de madera del hall de entrada cuando apoyó el paraguas contra un rincón. Colgó su abrigo detrás de la puerta y dejó caer el maletín. Toda su atención se centraba ahora en el inesperado regalo que ahora yacía sobre la mesa central del living. ¿Sería realmente para él? No recordaba haber realizado ninguna compra. Lo hizo girar una vez más sobre la mesa y comenzó a extraer el papel que lo envolvía. Una caja de cartón sin marca alguna apareció. Con cuidado abrió la tapa, la cual no presentaba ninguna protección y, en ese instante, ante sus ojos, apareció.

Un libro.

Su tapa color rubí de un fino material semejante al cuero de la mejor calidad, brillaba en la penumbra de la habitación. Era un libro gordo, pesado, de hojas amarillentas, pero parecía no haber sido abierto nunca antes. No presentaba ninguna inscripción, ni título, ni ninguna otra señal de su procedencia o contenido. Miles de preguntas comenzaron a nacer en su cabeza. Perplejo, Marcos pasó su mano sobre la superficie para sentir la suavidad de su cubierta. Lo tomó en sus manos y lo abrió de inmediato. La primera página estaba en blanco, la segunda también, pero la tercera... la tercera estaba impresa con finas letras negras.

Su nombre completo.

¿Alguien le había escrito un libro, o acaso dedicado? ¿Qué clase de regalo sería ese? ¿Quién se tomaría el trabajo de hacerlo? Giró la página, y lo que encontró a continuación lo dejó aun más perplejo. No había prólogos, ni introducciones, ni capítulos, nada. El texto comenzaba de forma repentina.

"27 de Agosto de 1969. Ciudad de Buenos Aires. En una helada madrugada de invierno, y para sorpresa de su madre primeriza, se escuchó el llanto del recién nacido, a quien dieron a llamar Marcos, en honor a su abuelo paterno que había fallecido pocos meses atrás..."

La lectura de aquel primer párrafo aceleró su corazón. Se dejó caer en el sofá con el libro en sus manos, y continuó leyendo. Era evidente que se trataba de su nacimiento. Las siguientes líneas fueron aun más desconcertantes.

"Grande fue su sorpresa cuando, al levantarse del piso, sintió que su diente ya no se encontraba en su lugar..."

Varias páginas más adelante continuaba el relato.

"Fue en aquel instante cuando la vio por primera vez, era la joven más hermosa que jamás había visto, y se había sentado a su lado el primer día de clases..."

Aquellas líneas relataban, con lujo de detalle, toda su vida, aun sus pensamientos más profundos. Cada palabra escrita, cada letra reflejaba su propia existencia. No había manera que alguien pudiese saber todo lo que allí estaba escrito. Era imposible. ¡Imposible! Su corazón se aceleraba cada vez más a medida que pasaba de página en página. Cada párrafo era un momento de su pasado, muchos de ellos ya olvidados por completo. ¿Cómo sería posible?

Sus manos comenzaron a temblar mientras se aferraba con fuerza al libro. En él había leído momentos casi borrados de su memoria, instantes prolijamente detallados. Pensamientos y diálogos registrados a la perfección. Aquellos momentos cuando terminó sus estudios, cuando se inició en su trabajo. Cada día relatado en detalle. No podía ser cierto.

Sin poder controlar su emoción ni el temblor de su cuerpo, dejó caer el libro a un costado y se puso de pie, observándolo en silencio. Su respiración se había vuelto un jadeo sonoro y una gota de sudor se deslizaba por su cien. Comenzó a caminar alrededor de la mesa central tratando de pensar cómo podía ser posible aquello que había llegado a sus manos. ¿Quién sería capaz de registrar cada instante de su vida? ¿Acaso habría alguna manera de que alguien supiera todos sus pensamientos y emociones más profundas? ¿Cómo fue posible realizar semejante trabajo durante tantos años? ¿Quién era aquella misteriosa mujer? ¿Acaso la autora?

Con su ropa empapada por la lluvia, se apoyó contra una de las paredes sin sacar su mirada de aquel libro que permanecía inmóvil sobre el sofá. Innumerables preguntas comenzaron a surcar su mente a tal punto que temía por su propia cordura. Y en ese preciso momento, una pregunta en particular lo sobresaltó más allá de lo esperado. Un escalofrío recorrió su cuerpo y su corazón comenzó a latir con más fuerza. Una pregunta terrible, cuya respuesta no estaba seguro de querer saberla. No podía comprender del todo la magnitud de ese cuestionamiento que su mente le había presentado, pero aun así esa pregunta le provocaba un terror incomparable, un miedo profundo, tan profundo como su misma humanidad.

Si aquel libro era la historia de su vida, ¿qué líneas contendría su última página?

Aquella pregunta le hizo comprender la terrible realidad. Su vida tendría un final, como la de todos los demás, y aquel final estaría detalladamente relatado y registrado en aquellas últimas páginas. ¿Sería posible que pudiera conocer su final? ¿Esas últimas páginas contendrían en sus líneas sus últimos pensamientos? ¿Acaso descubriría de qué manera terminaría su vida?

Todo era una locura. Una terrible pesadilla. Una broma de muy mal gusto. Se aproximó unos pasos y se dejó caer sobre una de las sillas, sin apartar su mirada de aquel libro de tapa roja. Inspiró profundamente en un intento por calmar sus miedos, su ansiedad. Se pellizcó un brazo para comprobar que no era un sueño. Todo era muy real, malditamente real. Quizás sus ojos lo habían engañado. Tal vez aquella lectura había sido perfectamente escrita para provocarle tal terribles pensamientos. Se levantó de inmediato y volvió a tomar el libro en sus manos. Lo abrió y comenzó a pasar las páginas. Página 10, 20, 50… cada una de ellas relataba un momento de su vida casi olvidado. Página 140, 280, página 347… hasta que logró encontrar ese preciso momento.

> *"En un intento por corroborar lo verosímil de la situación, decidió continuar la lectura de su vida. Fue cuestión de segundos que logró comprobar, con terrible pesar, que todo aquello era tan real como sus miedos."*

Cerró el libro de inmediato. Continuar leyendo sus palabras provocaría su desquicia. Se desplomó sobre el sofá y dejó caer su cabeza hacia atrás, observando el cielorraso. ¿Qué sentido tenía su vida si ya estaba escrita en aquel libro? ¿Qué decisiones podría tomar si ya todo estaba destinado a ser así? ¿Habría algo que pudiera hacer para evitarlo? ¿Acaso evitar su propia muerte?

Apoyando el libro sobre sus piernas lo observó detenidamente. Su cubierta rojo brillante reflejaba su rostro y su mirada de desconcierto. Ante él estaba la historia de su vida, su pasado, su presente y un futuro ya escrito. Y, en las últimas páginas, el inevitable final. Tomó el libro y apoyó sus dedos para abrir las últimas hojas, pero de inmediato se detuvo. No se sentía preparado para conocer su destino final. Por otro lado, si pudiera saber cómo terminaría su vida, tal vez tendría una oportunidad de evitarlo. ¿Será ese libro su oportunidad de salvarse de su propia muerte? ¿Era acaso una maldición o una bendición? Pero rápidamente comprendió que la cantidad de sus páginas eran limitadas. Llegar a un final era algo dolorosamente real. Terriblemente real.

Pasó sus dedos lentamente sobre las últimas hojas. De inmediato una nueva y terrible idea cruzó por su mente. Leer esas líneas podría provocarle la muerte. Tal vez, solo tal vez, esas últimas palabras relatarían lo que en ese momento estaría haciendo y, por una ironía del destino, leería su propia muerte justo antes que suceda. Un nuevo escalofrío recorrió todo su cuerpo y apartó sus manos del libro.

Dejando aquel libro a un costado, se levantó nuevamente y encendió su hogar a leña para calentar la habitación. Se quitó de encima toda la ropa húmeda para colgarla a un costado, cerca del fuego. Luego se perdió en la cocina para regresar con un café caliente entre sus manos. A través de la ventana podía ver que la lluvia tenue se había convertido en una fuerte tormenta. Vistiendo una cómoda bata y unas muy mullidas pantuflas volvió a sentarse en el sofá, sin poder evitar ocupar sus pensamientos en otra cosa que no sea aquel libro y su contenido. En él estaba todo su futuro, todo lo que iba a suceder de ahora en adelante, incluso ese mismo instante que lo estaba pensando. Todo estaba allí.

Todo…

La simple lectura de esas páginas le darían el poder de conocer el futuro, ¿pero acaso eso era una buena idea? ¿Cómo podría leer su futuro sin intentar cambiarlo? Conocerlo sería modificar su destino. Cualquier cambio sutil podría significar un giro importante en su vida. Sin embargo, todo ya estaría allí, registrado… Esas páginas sabían sus pensamientos, sus movimientos, sus más profundos miedos. Aun en ese instante conocían lo que estaba pensando. Porque, de algún modo, ya estaba allí.

¿Quién había sido el artífice de tal obra? ¿Cómo puede ser real algo tan descabellado, tan inmensamente fantástico que apenas podía comprender? ¿Alguien más que él y su autor lo habrá leído? Después de formularse esa pregunta se detuvo. Fue entonces que comprendió que su vida entera era la obra de alguien más. Toda su existencia no era más que una simple historia creada y escrita por alguien. Durante cuarenta y cinco años no hizo más que cumplir con cada una de sus palabras, de sus ideas y creaciones. Un inmenso vacío se apoderó de su ser. En un abrir y cerrar de ojos su vida se había transformado en algo muy ajeno a él, en algo totalmente diferente. Su vida ya no le pertenecía. No tenía decisiones, ni voluntad. Su pasado era autoría de alguien más. Comprendió que solo era un actor de una cruel obra de teatro escrita por la mano de alguien. Alguien…

Una sensación de infelicidad lo invadió. Comprendió cuán insignificante era al saber que, aun en ese preciso momento, todo lo que sentía y pensaba era obra de alguien, totalmente ajeno y desconocido para él. ¿Qué retorcida mente habría escrito el capítulo de esa noche, al entregar en sus manos aquella terrible realidad? ¿Qué vendría después de esto? ¿Cómo continuaría su vida luego de saber que ya estaba todo escrito? Era un simple robot, un miserable ser cuyos pensamientos estaban programados con lujo de detalle. Estaba preso dentro de su cuerpo, de sus emociones y de su mente. Su libre albedrío, sus ideas, pensamientos, valores, miedos y sentimientos no le pertenecían. Nunca lo hicieron.

No pudo evitar romper en llanto. Con manos temblorosas tomó el libro y comenzó a escudriñar nuevamente sus páginas, con temor a abrir alguna que no quisiese leer. Hoja tras hoja fue leyendo fragmentos de su propia vida, algunos tristes, otros alegres. Momentos inolvidables y situaciones que había olvidado por completo muchos años atrás. Decisiones de las cuales se había arrepentido, y otras de las que se sentía muy orgulloso. Volvió a recordar personas que pasaron por su vida, seres queridos que ya no estaban más y muchos otros que añoraba y que solo encontraba en sueños. Amores imposibles y amigos de siempre se encontraban aún con vida en aquellas páginas. Luego de dar vuelta una nueva página se encontró a sí mismo caminando por la acera bajo la lluvia, y reconoció el momento, horas atrás. El relato narraba el instante que había encontrado ese mismo libro a sus pies. La ansiedad por avanzar más lo invadió. Pero en un intento por controlar sus actos volvió a cerrar el libro de un golpe seco. Todo era muy real, no había dudas. Ya no importaba quién lo había escrito, ni la misteriosa mujer en su puerta. Solo era el libro y él. O quizás eran uno solo.

Transcurrieron las horas de aquella noche. La tormenta caía con toda su furia sobre la ciudad que dormía, totalmente ajena a lo que sucedía en esa habitación. Marcos continuaba allí, tratando de encontrar una explicación lógica, un orden a sus pensamientos. Pero todo era en vano. En el silencio de la madrugada se encontraban los dos allí, el libro y él, iluminados por el tembloroso fulgor del fuego de su hogar encendido. Aquel libro yacía inmóvil, indefenso sobre el sofá, pero tenía el poder de dominar su vida por completo. No había manera de escapar de su ya escrita realidad. ¿Habría una manera de escapar de su realidad? ¿Acaso la respuesta a esta pregunta estaría en el libro mismo? ¿Cómo continuaría la vida después de conocer esta terrible verdad? Marcos sabía que todo se encontraba allí, en esas páginas, a pocos centímetros de él. Solo tenía que abrirlo y leer.

Leer.

Se reincorporó y tomó el libro en sus manos. Lo notó ligeramente liviano desde la última vez que lo sostuvo. Lo abrió de par en par y comenzó a leer. Para su sorpresa, aquella página relataba ese preciso instante.

> *"Angustiado por el reciente descubrimiento de la levedad de su existencia, abrió sus páginas nuevamente en un nuevo intento por escapar de la realidad. Sin embargo, luego de unos segundos comprendió que nada podía hacer para evitar lo que, muy dentro de él, sabía que era inevitable."*

Al leer estas líneas, se desplomó. Cerró los ojos y contuvo la respiración intentando calmar el ritmo de su agitado corazón. No podía continuar leyendo. La sensación que provocaba su lectura era espantosamente real. Cada palabra, cada línea expresaba sus pensamientos. Su vida estaba siendo controlada por aquel libro, por sus malditas palabras. Malditas palabras. Ese libro era una maldición. Una maldición que controlaba su vida desde el primer momento de su existencia en este mundo. Una maldición.

El ritmo de su corazón se aceleró más y más. Su respiración se había convertido en un jadeo constante y una sensación de desesperación lo invadió por completo. Debía terminar con la pesadilla. Debía hacerlo. Observó el hogar encendido y las llamas danzando en su interior. Una loca idea se apoderó de su mente y, girando su cabeza, observó el libro que continuaba abierto sobre el sofá.

Volvió tras sus pasos y tomó el libro en sus manos sudorosas, para luego acercarse nuevamente hacia el calor de las llamas. El resplandor del fuego se reflejaba en la tapa brillante de aquella obra maldita, haciéndolo relucir aun más en la oscuridad de la habitación. Una sonrisa se descubrió en su rostro mientras una descabellada idea se hacía cada vez más fuerte en su pensamiento. Debería quemar el libro. Quemarlo. De esa manera, estaría libre para siempre de su realidad. Tendría control de su vida por primera vez.

En un acto de desesperación, arrojó el libro a las llamas, viéndolo desaparecer tras éstas. El fuego pareció avivarse intensamente y una llamarada se escapó hasta alcanzar sus manos, sin quemarlo. Un leve repiquetear se escuchaba entre las llamas. Ya estaba hecho. Era libre. Libre de verdad.

Era libre.

Se dejó caer de nuevo en el sofá. Suspiró profundamente observando el fuego. Una sensación de paz y alivio lo envolvió y cerró los ojos para descansar, sintiendo que esta vez, lo hacía por su propia voluntad.

Las penetrantes sirenas de los bomberos rompieron con la tranquilidad del barrio aquella mañana. La tormenta había cesado por completo, y la luz del sol se asomaba tímidamente en el horizonte. La noticia se había hecho eco en los medios y las cámaras no se hicieron esperar. Poco menos de dos horas había transcurrido desde que el fuego había consumido por completo aquella casa. No había sobrevivientes. Decenas de bomberos caminaban por la calle guardando sus herramientas y enrollando las mangueras luego de haber extinguido el fuego por completo. Cansados por la ardua tarea, se disponían a regresar al cuartel, angustiados por no haber podido salvar a la única persona que se encontraba en el interior de aquella casa.

Levantando la voz sobre la multitud y el intenso movimiento, una joven periodista, micrófono en mano, relataba lo sucedido en vivo para los noticieros locales.

—Nos encontramos en el lugar del hecho donde, lamentablemente, un joven de cuarenta y cinco años, al cual identificaron como Marcos Sebastián Varese, perdió la vida al incendiarse la casa donde vivía solo —tragó saliva antes de continuar—. Todavía no sabemos a ciencia cierta sobre las causas de esta tragedia, pero nos informaron extraoficialmente que pudo haber sido el hogar encendido lo que provocó el siniestro. Esto había sorprendido a Marcos, quien se encontraba durmiendo en el interior de la vivienda.

Dicho esto, hizo una pausa, escuchando las preguntas que le hacían desde el piso a través de sus auriculares. Luego de un momento, continuó.

—Sí, César, es verdad. La vivienda se consumió por completo a causa del intenso calor del incendio pero, para sorpresa de los bomberos que lograron ingresar luego de extinguir el fuego, sobre el suelo se encontraba un libro. Pero no cualquier libro. Según la información que me llegó hace instantes, este libro se encontraba en excelentes condiciones, y contiene en su interior toda la vida de Marcos, desde su nacimiento hasta el mismo momento de su muerte, pocos segundos antes de que suceda el siniestro —hizo una nueva pausa—. Sí, creemos que él mismo lo escribió planeando, de alguna manera, su propio final.

"No es usual ver a los ángeles en el infierno."
TORCUATO LUCA DE TENA

CAÍDO

Ezequiel Pineda

La claridad revelada por la luna danza sobre los toscos relieves de una ciudad dormida, tímida se filtra por rendijas de puertas y ventanas, y teme llegar a iluminar la oscuridad que duerme debajo de las sombras de miles de edificios, como teme la polilla extraviarse de la luz y enredarse en la trampa de una araña hambrienta.

Esa luna, la misma que iluminó desde aquel día mis pasos sobre este mundo, es la única que no rehusó iluminarme, pues no posee la absurda facultad de prejuzgar. A ella podrían preguntarle la verdad, atributo que solo a Él asignan, pero sumidos en un letargo de ignorancia voluntaria, todos se someten a la palabra de unos cuantos que profesan conocer el bien y el mal. Si a mí me preguntan, les respondería que ninguno de los dos existe por sí solos, ¿dónde hay bueno que no piense siquiera instantes en cometer maldad, y un malo que no considere alguna vez volverse a lo bueno? Ambos coexisten en cada ser, sin uno no hay otro.

Aquí en la ciudad, en un siglo nuevo para mí, pero jamás desconocido, me siento un momento, detengo el tiempo en mis cavilaciones y recuerdos, no como cualquiera lo hace, sino como solo yo sé hacerlo: viviendo el pasado como si nunca me hubiera marchado de allí, buscando la manera de reformar los errores cometidos. Una tosca silla de madera es el humilde trono de mi sabiduría; mi palacio, un insignificante cuarto abarrotado de la suciedad que los años legan; cortinas tejidas por audaces arácnidos decoran los rincones del recinto real; y un coro de chillidos de rata brinda el clima ideal para completar el cuadro de la "riqueza del príncipe", aquella que heredó de su bondadoso rey.

¡Es a ti a quien hablo, hombre incrédulo y temeroso! Tú que dependes y no vives, tú que escuchas las palabras dictadas por uno solo y cierras tus oídos a posibles verdades, ocultas por tu falta de inteligencia, bloqueadas por tu ineludible sencillez. ¡A ti te digo, escucha! Luego considera lo que a tu simple parecer convenga juzgar, no para someterme a tu juicio, pues nada eres a mi lado, y mucho menos a Su lado, juzga tu ignorancia y tu propia injusticia, ya que hasta un ciego es capaz de abrir los ojos para recibir la visión de las cosas que son justas y verdaderas.

La luz del cielo, en esos tiempos perdidos, era más clara, aún en la noche que todo lo cubría, estrellas incandescentes no cesaban de brillar para hacer bellas hasta las sombras que ellas mismas creaban con su danzante luminosidad; los animales más grandes, opacados por tal grandeza, se sentían como pequeñas hormigas alumbradas por la luz indiferente de seres poderosos, esos que ni siquiera advierten su laboriosa existencia. Ver entre la penumbra de los bosques, oler el aroma de las flores que el aire fresco me obsequiaba, caminar descalzo al contacto de verdes pastos, todo eso era mi gloria. Había noches que, sentado al pie de algún frondoso roble, con la misma luna que hoy me alumbra como testigo de mis días pasados, creaba una nueva especie de flor, agregándole variados colores y aromas dignos del palacio de Dios.

Así como estaba, sentado una noche al pie, no de un roble, sino del sauce que acariciaba con sus ramas la textura cristalina de un dulce río, alcancé a percibir un cambio en el viento, las copas de los árboles se agitaban siempre en dirección al este, y las bestias correteaban con frenesí a sus refugios. Alcé mis ojos inquieto, sosteniendo en mi mano la flor que había creado, "clavel" la nombraron los hombres; cuando alguno de nosotros creaba algo nuevo era perceptible por una cálida brisa que regocijaba el espíritu, por eso, seguramente no era el único que había percibido aquello, ni era solo yo el que conocía la procedencia de semejante poder de creación; era el Padre quién estaba obrando.

Nos reunimos todos a vislumbrar el poder creador del Único, millares de ojos enfocados ansiosamente donde se arremolinaba el viento, muchos me cedieron el paso, cerrando sus ojos en señal de respeto, cuando llegué a tener una visión perfecta del terreno me ubiqué a la diestra de Miguel, con sus fornidos brazos cruzados en el pecho no atinó a cerrar los ojos, en lugar de eso entornó su mirada para mirarme de reojo; no reparé en su insulto, mi atención era para con aquella porción de tierra que el viento estaba moldeando, una danza de granos de arena, polvo y humo rojo, era un espectáculo difícil de olvidar, aún más para mí. Llano era aquel territorio, rojo como el atardecer de otoño y, siendo de noche, el lugar solo era iluminado por la inmensa columna de espectadores que circundaba el evento, luces puras de seres igualmente puros, un brillo que tú jamás podrás irradiar.

Pronto los granos de tierra dejaron de volar, y como sabiendo cada uno de ellos su ubicación precisa, se posaron uno a uno exactamente donde era necesario; una figura fue percibiéndose lentamente, era como ver a las bestias marinas dentro del agua límpida acercándose hacia la superficie; sus extremidades eran semejantes a las nuestras, y estaba como en cuclillas, el polvo se disipaba a la vez que el alba dejaba paso al primer rayo de sol, que vino a posarse justo en mis ojos; con la vista eclipsada desvié la luz con la palma de mi mano, Miguel me miró, una sonrisa radiante le iluminaba el rostro, luego volvió a mirar donde el espectáculo. Entonces lo vi de pie, a imagen y semejanza nuestra, desnudo, mirándonos con aire perplejo pero sereno, como si ya nos conociera; yo también sonreí, era hermoso verlo allí mientras el coro cantaba a la grandeza del Creador, y los panderos, arpas y un sin fin de instrumentos daban su melodía a aquellas incomparables voces, formando el sonido más grandioso del universo. Habías nacido tú, y aunque yo estaba tan contento como los demás, tu nacimiento sería el comienzo de mi perdición.

Sin embargo, mi gozo, al principio, era igual o más grande que el de mis iguales con respecto a compartir junto a ti las maravillas creadas anteriormente; era grato transitar el Edén con la clara convicción que tu mirada denotaba al entender mis enseñanzas, participar en tu formación junto al creador era como moldear las nubes de los cielos con el viento incansable de la voluntad propia, esa que nunca esta satisfecha ni conforme con la perfección de la obra del artista.

Una mañana, a la orilla de un manso arroyo, ese que mojaba mis pies y divertía mis oídos con su incansable murmullo natural, fue Gabriel quien me dio la noticia: "No enseñes a Adán más de lo que el Padre ha dicho, pues el conocimiento perfecto es inalcanzable para él, no juegues con la mente y el corazón del "preferido de Dios" si acaso no quieres oponerte al poder del Todopoderoso". No hubo respuesta de mi parte.

El día anterior a que Gabriel viniera a visitarme yo caminaba contigo a mi lado, como par, así eras para mí, y así, al parecer, lo fuiste para Él también; hasta ese momento yo era el preferido, el más poderoso de los ángeles, quién abandonó la gloria de los cielos para formar parte de la creación de este mundo, con el mismo amor con que lo hizo el Hacedor de todas las cosas, con ese amor te recogí en mis brazos esa tarde que, tropezando, casi caes al vacío, incapaz de volar. Dejarte caer habría sido lo mejor, pero esa vez, cuando en mí solo cabía la bondad y esa infinidad de atributos que se fueron perdiendo con tu llegada, te salvé. Pero no siempre lo haría, bien sabía yo que tropezar sería para ti, para toda tu historia en esta tierra, lo único que harías bien de todo lo que no te habíamos enseñado, tropezar no sería más un descuido, sino un error, un pecado, el tránsito inesperado que conlleva al castigo divino; el ignorante, sumiso al arbitrio del sabio. Esto te había ilustrado el día anterior al mensaje de Gabriel.

Encerrado solo en la melodía del arroyo, ahora acompañado por un coro de pájaros en su nido, desvié la mirada de donde estaba Gabriel, pues verlo temblar con los ojos cerrados ante mi, después del mensaje predicado, provocó en mi cierta repulsión a la idea que en mi mente se estaba formando: "Él los quiere ignorantes". Mi declaración, aunque silenciosa y oculta en lo más hondo de mi ser, seguramente habría resonado como un trueno, haciendo eco entre las paredes celestiales del palacio divino, pues bien sabes que Él todo lo sabe. La respuesta fue inmediata, la claridad del día mermaba lentamente, al paso que miles de alas ocultaban el resplandor del sol, acercándose a mí, con Miguel al frente.

Con los brazos, como de costumbre, cruzados frente a su pecho, se puso en pie frente a mi, en medio del arroyo; sus vestiduras mojadas hasta el muslo mostraban la rigidez de sus músculos, la sonrisa esbozada y el brillo en sus ojos, distorsionaban, con su orgullo y arrogancia, mis apacibles pensamientos. Estaba feliz de haber escuchado mis palabras, de haber recibido la orden irrevocable del que nunca da la cara. La legión que lo acompañaba se ubicó detrás Miguel, con la diferencia que todos ellos miraban al suelo, incapaces de enfrentar con sus miradas la pureza de mi rostro, aunque sus espadas refulgían en sus diestras con el blanco brillo de la luz divina, aguardando el momento, pero... ¿Cuál?

"Has blasfemado ante el Padre, -comenzó Miguel- declarando lo que..."

"...lo que es verdad"- lo interrumpí. Luego no hubo respuesta, ni discusión; Gabriel retrocedía con cada paso de Miguel hacia mí, yo seguía sentado, con mis pies en la cálida corriente, jugueteando con las piedras del fondo. Miguel deseaba ansioso, la idea de cumplir el mandato del "Justo" con renombrada fidelidad, mientras yo me planteaba, apesadumbrado, por la situación generada solo por declarar silenciosamente en mi inconciente, no una afirmación, sino una opinión.

La batalla culminó antes de comenzar, el avance del valeroso arcángel se detuvo al verte a ti aferrado a mi cuello, aunque escondiendo tu rostro entre mis cabellos, protegiéndote, protegiéndome; era como ver a un conejo defender a los zorros de un inmenso león. Aquel acto de amor incondicional, no solo agradó al Altísimo, sino que me alejó más de Él, al punto que tú le eras más grato que yo, ya que habías demostrado ser superior a los ángeles, solo por tus sentimientos; aunque más tarde viviera atormentado por tus actos, esos generados por los mismos sentimientos que Él había implantado en tu corazón, solo que dirigidos egoístamente hacia tus propios fines, desviados de los arbitrarios propósitos de Dios.

Los días continuaron, las noches pasaron raudas sobre la tierra, tú aprendías incansable las enseñanzas de la naturaleza, comías de los jugosos frutos de los árboles y dormías bajo la sombra de frondosos cipreses. Una noche, justamente mientras dormías, mientras mis cavilaciones se orientaban hacia tu innecesaria existencia, y al porqué de tu soledad, volvió a suceder. El sentido del viento estaba cambiando, esta vez no estaba solo, dos de mis hermanos acompañaban gratamente mi caminata nocturna y no tardaron en arremolinarse, como arrastrados por un huracán alrededor de tu cuerpo dormido. En esta oportunidad no tuve que pedir lugar para ver el espectáculo, estuve allí desde el principio, vi como se abría cuidadosamente tu cuerpo, mostrando tus entrañas; dejando al descubierto tu costado izquierdo, bañado de escarlata, como se ve la lluvia a través de la luz de un rojizo atardecer de verano. Una costilla se desprendió, sin pedirte permiso, y como una semilla es plantada en tierra fértil, así tu hueso se enterró en la tierra, y el soplo divino comenzó su labor. Los granos de tierra volvieron a ubicarse en el lugar preciso para formar a "ella", tu compañera, tu sabia pareja, esa que acompañaría tus pasos sobre el mundo y te daría descendencia, y también la qué sin ánimos de dañarte sería tu perdición, pues a ella, impulsado por los deseos de la carne, responderías aún más que a tu propio Creador.

Ella no aprendió menos que tú, ambos, dos criaturas semejantes en apariencia, diferenciadas solo por ciertos rasgos físicos, se instruían en las cosas de la tierra, con los oídos y el entendimiento atentos a las enseñanzas de los ángeles. Como si se tratara de niños, fueron cuidados con la atención requerida por el Padre hacia sus hijos, y yo te amé, a ti y a tu compañera, también como a hijos.

Miguel se paseaba seguido cerca de donde yo estaba, se muy bien que no era solo porque le agradaba hacerlo, porque aguardaba paciente verme relegado de mi poder, sino que cumplía con su deber. Yo fingía no verlo, ni sentir su presencia, únicamente desplegaba mis alas hacia el futuro de la humanidad, amándolos, queriendo que conocieran la verdad que cegaba su conocimiento absoluto; ¿por qué los quería así? La pregunta proseguía su trabajo de gusano en mi interior, lentamente carcomía mi respeto hacia el Supremo, haciendo que mi corazón palpitara con ansias cada vez que pensaba en la idea de rebelarme, no por mi propio bien, como dirían muchos ignorantes en el futuro, sino por mi amor, un sentimiento que nació "el día del árbol", así bauticé al evento que sumió al hombre a la degradación por un "pecado": querer ser sabio.

El jardín rebozaba de diferentes tonos de verde, flores coloridas adornaban los rincones del camino natural que formaban las hojas doradas de los árboles; insectos pululaban cerca de mi rostro, la brisa fresca del anochecer bañaba con delicadeza mi piel, y lograba hacer bailar los pliegues de mi ropaje; pero no solo a mi la brisa regalaba su cálido abrazo, sino que también gozaba paseándose entre los senos desnudos de Eva. Mientras cortaba las uvas de una dulce vid, yo la observaba sentado en un montículo de tierra, la veía menearse con graciosos movimientos, descorriendo el velo sedoso que sus cabellos formaban, para ver aquello con lo que se alimentaría antes de dormir.

El día anterior yo había acompañado a Adán en la misma faena, y en un ligero impulso por rescatar de la ignorancia a aquel indefenso ser, intenté volcarle a la sabiduría suplicándole que comiera del árbol, ese maldito árbol, una ingeniosa fábula inventada para que obedecieras ciegamente y sin razón, ¿acaso no veías que comer del árbol o no comer de él no cambiaría en nada la situación en que te encontrabas? Siempre fue mentira aquello de la manzana, solo que nunca lo percibiste, pero ella sí supo considerar la idea de una alternativa a lo único conocido.

Acercándome lentamente, la rodee con mi brazo derecho, ella era tímida y no hablaba, pues aún no conocía lenguaje alguno; parecía una delicada ave incapaz de abandonar el nido de la inopia; caminamos unos metros por el sendero de hojas doradas, en dirección a lo prohibido, Adán dormía ya, la noche estaba próxima a su comienzo, y la luz declinaba dibujando siluetas carmesí en los contornos de nuestras figuras. Próximos al tronco verdoso del gigante inventado detuve la marcha, me ubiqué frente a ella, la miré a los ojos y señalando la frondosidad de la mentira le obsequié la manzana que guardaba en mi manto. Su clara mirada se desvió de la mía en un frágil intento de evadirme, sus labios se abrieron, respiraba dificultosamente, ella sabía cuanto la amaba y cuanto le había ilustrado sobre las maravillas de la vida; sus ojos, un poco más deseosos de saber, se posaron en la fruta que sostenía en mi siniestra, mis labios se sellaron, solo observaba plácidamente el cumplimiento de mi deseo, pues sus dedos, blancos y suaves, no demoraron en rozar la superficie de aquella fruta, como la espuma del mar acaricia las rocas inamovibles de alguna orilla.

Miedo, desazón, intriga; Eva experimentó en ese momento

la difícil tarea de decidir sobre algo que cambiaría su vida, y la de la humanidad, para siempre. Sus órbitas se salían de sus cuencas, queriéndome advertir que no me arriesgara, pero no podría persuadirme jamás, la decisión ya había sido tomada por ambos. El jugo humedeció su comisura izquierda, sus ojos se cerraron, como mirando en su interior el cambio, ese que solo yo le obsequiaría; la delicia se apoderó de sus antiguos gestos de temor, su silencio se rompió con un excitante gemido de placer, el cual despertó a Adán de su temprano descanso. El viento deformó la imagen con movimientos castigadores cuando tú probaste de la misma manzana, no por haberla comido, ese acto solo llenó mi ser de amor y fuerzas para oponerme al Altísimo, y justamente esto fue lo que el clima replicó con bramantes soplidos, el haberme atrevido a desafiar el poder creador de Dios, intentando corregir sus errores.

Yo te obsequié el conocimiento, no una "manzana mágica", pues era solo alimento, mientras que el discernimiento podía obsequiarlo solo alguien que ya lo poseía, alguien que deseara entregarlo sin pedir nada a cambio.

Siempre recordaré la felicidad marcada en el rostro de Miguel observando como mis alas se desplumaban dolorosamente y mi luz se apagaba con cada pluma arrancada.

Por amor a ti relegué mi existencia eternamente a esta tierra, a tu lado; soporté el castigo por haber sido misericordioso, abandoné mi luz para internarme en la oscuridad, no por gusto, sino por necesidad; y por más que muchos de mis hermanos batallaron a mi lado, creyendo más en mi causa que en la de Él, nuestra sangre solo valió el destierro de las moradas celestiales y la errante convivencia con el género humano. Tus ojos abiertos a la sabiduría antes escondida fueron el desgraciado motivo que desató la ira divina sobre ti y tu descendencia. Los áridos desiertos bañados de una cortante arena caliente, tierra resquebrajada por la falta de agua, un paisaje adornado de desoladas rocas afiladas, paisajes que eran opuestos palpables de la gloria que antaño te rodeaba. El tiempo pasaba y hasta encontraste verdes prados, valles poblados por flores amarillas, apacibles corrientes de agua dulce y hasta árboles frutales comparables a los del Edén; sin embargo, tu compañera y tú no lograron jamás quitarse la irremediable sequedad que el gusto de la desobediencia había proporcionado a sus vidas.

Lejos de la tierra que habitaste primeramente estableciste tu hogar, cubrías tu cuerpo con pieles de animales cazados y en el afán de cuidar a tu familia creaste armas, pues en la lejanía, la lozana tierra del sur, cada noche dejaba escapar entre la frondosidad de los árboles un humo negro, desprendido de las flamígeras luces de alguna población que allí acostaba su cabeza, quizás tan temerosos y armados como tú. Esa aprensión a lo ignoto te condujo inexorablemente a desenterrar viejas amistades, fue así como dirigiste tu rostro al cielo y recordaste a Él, tu enemigo, el que se jactó solo de sus absurdos mandatos y te maldijo, siendo que a mí, el día anterior me habías rechazado abruptamente; habías negado la realidad, viviendo ficticiamente la rutina de sobrevivir agotado, desde la salida del sol hasta que se pone; mortal y estúpida vida elegiste, vida que no moriría contigo, sino que en cierta medida se tornaría eterna a lo largo de las edades.

Y edades pasaron, no sin antes dejar claramente marcado en la historia tu verdadera naturaleza, esa que persigue su instinto para alcanzar solo el bien propio: Habías matado, no a un animal, había roto el lazo fraterno de la humanidad, relegando a tu especie por debajo de las bestias terrestres, pues en ellas no hay razonamiento que los arrastre a la maldad; Abel clamaba, y la maldición del Altísimo fue aún mayor, con cada paso que dabas es esta tierra Él más lamentaba haberte creado. "Yo no mato", dirás ahora, yo te digo que no hacen falta armas, pues la lengua es el mejor instrumento para confinar la vida de los hombres a la muerte espiritual más profunda, acaba con los sentimientos del más fuerte, ese que anhela morir por el filo de una espada. Hermano contra hermano, enfrentados eternamente como enemigos, siglo tras siglo derramando sangre inocente, excusada por la incipiente razón de perseguir cada uno el bien que creen es único y perfecto, ese bien que muchas veces ni siquiera es propio de ti, sino del que tú pusiste al mando para que te gobierne, alguien igual a ti, con tus mismos sentimientos, defectos y virtudes; error irremediable alcanzado por el olvido a lo primordial, lo divino.

Una tarde helada en los días del imperio, arropaba mi cuerpo tembloroso con mi túnica, oculto y oscuro como un murciélago que se cubre de las luces de la mañana y se abriga con sus alas de la gélida brisa del amanecer, mientras compartía contigo el espectáculo de una masacre en el corazón del Coliseo. Allí, entre la multitud desbocada, gente de todas las edades contemplaba los delirios de una raza cruel, y los sufrimientos impartidos a su misma especie por la figura que siempre necesitaste de un ser superior. En ese lugar, entre alaridos de dolor y gritos de placer, entre lágrimas y sádicas sonrisas, entre la pobreza ignorada y la pomposidad reconocida y admirada; allí entendí en mi corazón el porqué de las decisiones divinas: ¿qué haría un ser tan perverso como tú con el conocimiento absoluto, la inmortalidad y la sabiduría eterna?

En verdad la respuesta es aterradora, tanto que al momento de plantearla tú, creaste la excusa perfecta para cubrir tus errores y tu maldad: me creaste a mí, Satanás.

Indiferente a tus opiniones acerca de mi existencia, yo me abrí camino entre la multitud; y ahora, aquí, en este nuevo siglo, más disperso aún que los anteriores, vago sin rumbo, errante entre la luz y la oscuridad, arrepentido, agobiado de soportar tu hedor, pagando por defender una causa creada por mi prejuicio, preguntándome cuando acaba, nunca obtengo respuestas favorables, Su rostro siempre distante no entiende de perdón, en su obstinado fallo sigo siendo el culpable, y tú, su amada creación que no pudo evitar ser tentada.

Al despuntar el alba, junto a los rayos del sol, sentado en mi añejo trono carcomido por las termitas, lo escuché hablar: "Admiro tu capacidad de persuasión" me dijo. La luz que se filtraba por una de las maderas rotas no me dejaba verle el rostro, pero sabía que yacía de pie ante mi, aunque no con su mirada contemplativa y cálida, esas que lo caracterizan en las pinturas creadas por tus antepasados, sino con el odio que tú dices Él no posee, ese que destruyó al mundo por agua, y que lo hará de nuevo por fuego. "Si hubieras perdonado mis errores bien podría llevar a muchos de nuestro lado". Mi respuesta la hice sin mirarlo a los ojos, no por temor, no llamaría así al sentimiento que fluye en mi interior cuando estoy en presencia de alguien que amo y no corresponde a mi amor.

"Si lo hiciera, querrías toda la gloria para ti, siendo hijo mío, mi creación, conozco tus artimañas". Nada que yo dijera lo haría cambiar de opinión, yo soy y siempre seré el maestro de las mentiras para Él y para muchos. "Si miento en lo que digo no es tu asunto, es el hombre quien decide a quien seguir, por el camino ancho o el estrecho, al final, siempre estará la verdad". No cabía duda que en eso ambos estábamos de acuerdo, puesto que esbozó una sonrisa y caminó en dirección al resplandor que acariciaba su espalda; "la verdad es la razón de la vida, es necesario que existas, de lo contrario ya no estarías aquí" dijo antes de desaparecer. No hay duda de eso, tú puedes decirme mentiroso, y puedo ser el terrible Lucifer, el demonio encarnado, o el ángel caído que vaga arrepentido y sin posibilidades de perdón; queda a tu criterio atesorar mis palabras o las Suyas; queda a tu razón escoger entre la luz o la oscuridad, siempre y cuando sepas distinguir de donde provienen cada una. No hay final que no derive de un principio, y hay muchos de estos como para conocer la culminación de una historia perdida entre otras, arrastradas como arena por los impetuosos vientos del olvido.

"La curiosidad está al acecho de todos los secretos."
RALPH WALDO EMERSON

LA ÚLTIMA PÁGINA

Sergio Helguera

El destartalado micro abarrotado de personas crujía mientras avanzaba milagrosamente por las anegadas calles del viejo pueblo. El repentino e intenso temporal que azotaba la región no había cesado en los últimos días y la situación comenzaba a volverse una pesadilla de la que no podían despertar. El rugido de un trueno se coló a través de las ventanillas empañadas y Celeste abrió los ojos. Sentada en el último asiento de aquel precario transporte, se quitó los auriculares y pasó su mano sobre la ventanilla para poder ver a través de ésta. Suspiró. Sus ojos demoraron en acostumbrarse a la luz mientras contemplaba las desiertas calles pobladas únicamente por algún que otro perro vagabundo en busca de un nuevo refugio. Giró la cabeza para mirar a su madre sentada a su lado en silencio, con la mirada perdida, sumergida en sus más profundos pensamientos. Con sus recientemente cumplidos trece años de edad, Celeste entendía a la perfección la situación. Aunque ya habían transcurrido más de cinco meses, la separación de sus padres había sido un golpe muy duro para las dos, mucho más el hecho de haber perdido el tan preciado hogar, viéndose obligadas a encontrar un nuevo lugar en el mundo. Jamás hubiesen imaginado que ese lugar sería en aquel alejado pueblo de la provincia de Buenos Aires. Habituada al bullicio y al movimiento constante de la ciudad, Celeste encontraba allí una exagerada calma y una casi insoportable tranquilidad.

Pero desde el momento que pisaron por primera vez el pueblo, todo había resultado ser viajes y más viajes. La mudanza fue un proceso lento que había desgastado tanto su pequeño cuerpo como la relación con su madre, quien últimamente permanecía en silencio, abstraída de todo a su alrededor. La mudanza a esa 'diminuta cueva' como le gustaba llamarla, había sido una pesadilla, pero no tanto como lo fue encontrar un nuevo colegio. Jamás hubieran imaginado que aquel lugar tuviera únicamente dos escuelas y que ambas se encontraran con la capacidad al límite. Tampoco había logrado imaginar la tenacidad de la madre en lograr convencer a las autoridades de ellos para conseguir una vacante. Pero los insistentes llamados y las numerosas visitas al establecimiento habían logrado su fruto. Aunque el ciclo escolar había comenzado ya treinta días atrás, Celeste tenía un lugar asegurado en un alejado colegio ubicado al límite del pueblo. Y era allí precisamente donde estaban yendo, al encuentro de sus nuevos compañeros en 'su' primer día de clase. Enrolló los auriculares y los guardó delicadamente en su mochila para luego contemplar la pantalla de su celular. Como era de esperar, no tenía señal. Aprovechó para sacar una foto del interior del deteriorado colectivo. Todo a su alrededor le resultaba extrañamente ajeno, las personas, los sitios, las casas, simplemente todo.

Después de un rugido interminable, el micro se detuvo y la puerta se abrió para dejar entrar una brisa fresca. Su madre descendió primero y, luego de abrir el paraguas, la tomó de la mano para caminar por la calle anegada bajo una torrencial tormenta. El viento les hacía casi imposible avanzar. Se preguntaba cómo iba a hacer su madre para regresar a la casa. Pero algo más la distrajo de sus pensamientos. Frente a ella apareció la escuela. Una antigua pero bien mantenida construcción baja con muchas ventanas y una amplia puerta central justo debajo de un gran escudo con el nombre de la institución. Su madre la despidió con un beso y unas palabras, pero un nuevo trueno le impidió escuchar con claridad. Ingresó corriendo, embarrando aún más sus zapatillas favoritas. Giro la cabeza una última vez para observar a su madre regresar lentamente bajo la intensa lluvia, para luego perderse a la vuelta de la esquina.

Todo lo que sucedió después transcurrió increíblemente rápido para ella. Quizás los nervios de un nuevo comienzo, tal vez la ansiedad por ordenar su vida nuevamente. Lo cierto fue que el ingreso al salón, como la breve presentación de la maestra frente a sus compañeros ocurrió en un abrir y cerrar de ojos. No reparó en ellos, siquiera en su maestra, se limitó a saludar respetuosamente y sentarse en el único pupitre vacío que había en el aula, en el rincón más alejado. Los techos se encontraban increíblemente altos, sostenidos por gruesas vigas de madera. Las paredes parecían estar construidas con tiza y el piso cubierto de baldosas color naranja se sentía áspero y frío bajo sus pies. La silla no se sentía para nada cómoda y la precaria mesa que tenía frente a ella estaba construida totalmente en madera, no podía creer que todavía se mantuviera en pie. La maestra comenzó su discurso mientras escribía sobre el desgastado pizarrón verde oscuro con una tiza tan pequeña como su dedo meñique. Todos los niños presentes contemplaban en silencio y extrema quietud. Celeste no podía creer lo que estaba viendo. A decir verdad, por un instante creyó que todos ellos eran muñecos de cera perfectamente detallados. Todo parecía ser una puesta en escena de una vieja película.

La ventana que tenía a su lado le dejaba ver la extensión de la calle paralela a la escuela y, aunque ningún auto o persona caminaba por ella, le ayudaba a abstraerse de la muy aburrida clase de matemáticas. La lluvia había cesado por completo y el sol intentaba colarse entre las nubes. Sintió de pronto que el hambre la invadía, eso significaba una sola cosa, el mediodía estaba cerca. Guardó sus lápices dentro de la cartuchera y cerró el cuaderno bajo la mirada curiosa de un chico a su lado. Fue entonces cuando lo notó. Entre los numerosos garabatos que la mesa tenía grabados, había uno que le llamó poderosamente la atención. Se trataba del nombre de una provincia y, debajo de ésta, un número. ¿Acaso una dirección? La curiosidad la invadió. A pesar de las advertencias iniciales de la maestra, extrajo su celular y registró aquel grabado con su cámara, justo antes que el sonido de una campana interrumpiera el incesante discurso de la maestra, dejando libres a todos de una vez.

La tarde transcurrió como de costumbre, una interminable seguidilla de aburridas horas sobre la cama, una cama a la cual aún no se había acostumbrado. Llegada la noche, mientras su madre preparaba la cena, descubrió la imagen en su celular. Ya lo había olvidado por completo. La fotografía que había tomado del banco en el colegio, el nombre de la provincia y un número. Rápidamente abrió el mapa del GPS en su celular e introdujo aquel nombre y el número como si fuera una dirección. Y así lo fue. Luego de unos instantes el GPS marcó un punto exacto en el mapa. Para sorpresa de Celeste, aquella dirección no se encontraba muy lejos del colegio. Una sensación de aventura la invadió y una leve sonrisa se dibujó en su rostro. El celular volvió a vibrar. Un nuevo mensaje de su amiga de siempre que le escribía desde la ciudad preguntando, una vez más, cómo se encontraba.

La mañana siguiente amaneció soleada, un día agradable de otoño en el pueblo. Celeste había descansado más que bien la noche anterior y comenzaba lentamente a familiarizarse con sus compañeros y los nuevos profesores. Las horas en aquella aula de techos altos y suelos fríos transcurrieron con rapidez. El grabado sobre la mesa de madera recubierta con un desgastado barniz continuaba allí, recordándole su nueva aventura.

Tomó el celular y, escondiéndolo debajo, envió un mensaje a su madre.

> Me quedo con unas amigas a la salida del colegio. Ven a buscarme una hora más tarde.

La respuesta no tardó en llegar, y una sonrisa cómplice se dibujó en su rostro. Una hora más tarde la campana sonó una vez más marcando el final de la jornada. Casi de inmediato, Celeste salió caminando rápidamente, asegurándose que nadie la viera y se perdió en la calle contigua al colegio. Guiándose por su celular, caminó varias cuadras por la calle de tierra hasta encontrarse con un descampado. Un grupo de perros vagabundos corrieron al verla, escondiéndose detrás de un gran arbusto reseco, mientras la observaban con curiosidad. Y entonces llegó. Allí era el lugar que su GPS le marcaba. Una reja vieja y oxidada, apenas en pie, con su puerta metálica asegurada con un candado tan añoso como extraído del fondo del mar. Detrás, un amplio jardín descuidado y abandonado, con pastos altos hasta su cintura y repleto de yuyos y arbustos de espinas. Más allá, casi escondida por los altos matorrales, una pequeña casilla tan abandonada como lo que la rodeaba. Celeste se abrió camino a través de un hueco en la reja y avanzó dificultosamente entre la maleza hasta llegar a la puerta. Aquel lugar parecía haberse incendiado mucho tiempo atrás. Las ventanas sin vidrios y la puerta entreabierta eran una invitación a entrar. Y, empujada por la curiosidad, ingresó. El interior acompañaba todo el resto, un oscuro y pequeño salón con pocos objetos destrozados que parecían ser muebles y el suelo cubierto de hojas secas, ratas muertas, insectos y viejos papeles. Un aroma rancio, apenas soportable, invadía todo el lugar. Las paredes se encontraban cubiertas de grafitis descoloridos. Celeste dio un paso más adelante cuando sintió que su pie pisaba un objeto rígido. Bajó la mirada y fue entonces cuando lo vio por primera vez. Apartando unas hojas amarillentas y lo que parecía ser la parte de un pequeño animal muerto mucho tiempo atrás, descubrió un pequeño cuaderno. Se encontraba en malas condiciones pero aun así podía leer las palabras que estaban escritas en él. Abrió sus páginas y… de pronto el celular sonó, rompiendo el silencio y sobresaltándola en gran manera. Era su madre, estaba llegando al colegio. Debía regresar cuanto antes. Guardó el cuaderno en su mochila y salió nuevamente hacia la calle. Los perros continuaban allí, contemplando cada uno de sus movimientos.

Asegurándose que su madre se había ya acostado en su habitación, Celeste extrajo el viejo anotador que había encontrado en la casa abandonada. Sus páginas tenían un aroma agradable, cosa que le extrañaba por completo. Bajo la luz de su pequeña luz de noche contempló el antiguo tesoro descubierto. Se trataba de un diario íntimo, escrito con letra de una niña y decorado con algunos dibujos y figuras pegadas en sus páginas. Comenzó a leer. Efectivamente aquel diario pertenecía a una niña de aproximadamente su misma edad, su nombre era Rebeca y había una foto de ella pegada rústicamente en una página. A pesar de lo deteriorada de la imagen, podía notar el rostro de una niña delgada, de ojos oscuros y tez blanca, su cabello era tan negro como una noche sin luna. En las páginas de su diario describía su vida en aquel pueblo, sus deseos de aprender, de viajar, su música preferida, las comidas que disfrutaba cocinar, las historias con sus mejores amigos y anécdotas del colegio al cual asistía. El mismo colegio al que ella había comenzado a ir. Celeste se detuvo. Sus ojos se sentían cansados. Era muy tarde para continuar leyendo, al día siguiente debía levantarse temprano para regresar al colegio. Cerró el cuaderno y lo guardó celosamente en el fondo de su cajón. Y luego se durmió.

Las horas transcurrieron muy lentamente para Celeste aquel día. Agotada por el viaje de regreso de la escuela, arrojó la mochila sobre la cama y se dejó caer sobre ella, extendiendo sus brazos y suspirando profundamente. Casi de inmediato abrió el pequeño cajón de su mesa de luz y extrajo el desgastado cuaderno de hojas amarillentas. Había pensado en él durante todo el día. Sin darse cuenta, como en un abrir y cerrar de ojos, había leído durante las últimas dos horas las vivencias de aquella niña de cabellos oscuros llamada Rebeca. Se preguntaba dónde estaría en ese momento aquella niña. La idea de devolverle el cuaderno que había perdido le resultaba más que motivadora. Entonces, al voltear la hoja, vio que el texto terminaba allí, abruptamente. En la última línea y escrita prolijamente a mano, había una pregunta escrita seis meses atrás.

¿Leerá alguien lo que he escrito aquí?

Celeste encontró irresistiblemente tentadora la idea de contestar la pregunta que Rebeca había dejado inmortalizada en esa última línea. Sin pensarlo demasiado, tomó un lápiz y respondió. 'Yo te estoy leyendo. Mi nombre es Celeste y tengo tu misma edad'. Celeste sonrió un instante y contempló la hoja para luego cerrar el cuaderno y dejarse vencer por el sueño y el angustioso silencio del pueblo.

Jamás hubiera imaginado siquiera la abrumadora sorpresa que la esperaría al regresar del colegio, al siguiente día. Recostada sobre su cama, y con sus ojos grandes como dos soles, Celeste no podía quitar la mirada de aquella página. Su corazón latía con fuerza, invadido por una mezcla de temor, sorpresa e intriga. Allí, escrita en tinta azul, con la misma letra que el resto del cuaderno, y debajo de la pregunta que había escrito ella misma la noche anterior, había una respuesta.

Hola, Celeste. Gracias por leer mis notas. Cuéntame algo sobre ti.

Era imposible. Realmente imposible. ¿Cómo podría suceder? ¿Sería una broma de su madre? No… eso era algo que descartaba por completo, no sabía la existencia de aquel cuaderno. La letra era exactamente la misma con la que estaban escritas todas las hojas anteriores. Dejó el cuaderno a un lado. Un escalofrío recorrió su pequeño cuerpo mientras lo contemplaba en la penumbra de su habitación. Moviendo la cabeza de un lado a otro, trataba de encontrar una respuesta al enigma. Un instante después, decidida a revelarlo, tomó su lápiz y escribió nuevamente bajo la última línea.

Soy nueva en el pueblo. Me mudé
aquí cuando mis padres se separaron.
Ahora vivo con mi mamá.

Tal como lo había sospechado, aquellas palabras tuvieron su respuesta al día siguiente. Y la conversación con la extraña 'niña fantasma' se volvió una increíble rutina que Celeste disfrutaba al regresar, cada día, del colegio. Entre anécdotas e historias, se fueron conociendo, compartiendo vivencias y gustos en común. Pero una terrible idea cruzaba siempre por la mente de Celeste. Si Rebeca tenía la capacidad de escribir allí, sólo podía significar una cosa. La niña era un fantasma. Rebeca estaba muerta. No pasó mucho tiempo cuando Celeste decidió despejar sus dudas. Como única testigo de la existencia de aquel cuaderno milagroso, escribió una nueva pregunta. '¿Estás viva?' Y, como lo había imaginado tantas veces, la respuesta no tardó en llegar al día siguiente. Debajo de su pregunta había un sencillo pero abrumador 'no'.

El cuaderno permaneció varios días cerrado en el interior de aquel cajón. La respuesta había provocado en Celeste una terrible sensación, algo que no podía explicar con claridad. Se preguntaba si debía continuar conversando con el fantasma de la niña. Entonces, una fría noche de finales de otoño, mientras el pueblo era azotado una vez más por una violenta tormenta, Celeste abrió el cajón de madera y tomó en sus pequeñas manos el cuaderno. Allí, en la última página, aún permanecía aquel 'no' como respuesta a su pregunta, días atrás. Entonces, de manera inevitable, le preguntó cómo había sucedido.

La noche siguiente no pudo ser más escalofriante para Celeste. La respuesta de la niña muerta era extensa y terriblemente detallada. Había sido asesinada. Su cuerpo se encontraba destrozado, oculto en la profundidad de la tierra, en un lugar tan alejado que le era imposible descubrirlo. Al leer sus letras podía sentir el horror, el temor y la impotencia. Las lágrimas comenzaron a caer por las mejillas de Celeste a medida que recorría con sus ojos aquellas líneas. Debía hacer conocer su historia. Rebeca, o lo que quedaba de ella, necesitaba ser encontrada. Debía haber justicia. Necesitaba hacer algo por ella. Entonces rápidamente, escribió una nueva pregunta.

¿Quién te mató?

Al día siguiente, Celeste se encontraba sumergida completamente en sus pensamientos, acerca de cuál sería la respuesta de Rebeca a aquella terrible pregunta. ¿Acaso sabría quién era el asesino? ¿Sería alguien del pueblo? ¿Habría más víctimas enterradas bajo la tierra que sus pies pisaban cada día? Y si le daba un nombre… ¿cuál sería el próximo paso? ¿Si la policía estaba involucrada en todo? Ella podría ser la próxima víctima. La campana sonó finalmente y, recogiendo sus cosas, caminó hasta la salida, con la mirada perdida, abstraída de todos los niños que corrían y gritaban a su alrededor. Su madre ya no la esperaba en la puerta del colegio, había aprendido el viaje de regreso a casa y las calles del pueblo, según su madre, eran seguras. Se encontró rápidamente en su habitación. Caminó con temor hasta el cajón y tomó el cuaderno en sus manos. Quedó en silencio un rato hasta que decidió abrirlo. Como había de esperar, la respuesta estaba allí. Se sentó en la cama y comenzó a leer. Rebeca sabía quién era la persona que había terminado con su vida, la conocía, era alguien muy cercano a ella, alguien conocido por todos en el pueblo, su nombre es…

La respuesta terminaba allí.

Ya no había páginas en el cuaderno. Simplemente ya no quedaba lugar para escribir más. La respuesta se agotaba allí, abruptamente, inconclusa. Celeste quedó paralizada. No podía ser. ¡No podía ser cierto! Giró el cuaderno entre sus manos, revisándolo con desesperación. ¡Tenía que saber el nombre de aquel criminal! Fue en ese preciso momento cuando notó algo entre la contratapa y la última hoja. Una fina tira de papel rasgada permanecía sujeta al cuaderno. No podía ser otra cosa que la última página. La página que necesitaba para conocer la respuesta. Se desplomó sobre la cama, dejando de lado el cuaderno y quedó con la mirada extraviada en el techo de su habitación. Debía encontrar esa página, tenía que hacerlo. En un arranque de increíble locura y curiosidad, se vistió la campera, tomó su mochila y, luego de guardar el cuaderno, se trepó por la ventana de su habitación y salió de la casa.

Su corazón se aceleraba cada vez más mientras caminaba con prisa por las oscuras y desoladas calles de tierra. Conocía el camino lo suficiente como para guiarse sin necesidad de su celular, pero lo mantenía con la pantalla encendida para iluminar apenas el camino bajo sus pies. Un grupo de perros de la calle la contemplaron mientras cruzaba la esquina. A medida que avanzaba, se preguntaba por qué motivo la dirección de esa casa abandonada estaba grabada en aquel banco del colegio. En 'su' banco. Pero rápidamente la pregunta desapareció de su cabeza, ya no había lugar para más interrogantes. Después de unos minutos estaba allí. Se detuvo frente a la reja oxidada y revisó la batería de su celular. No restaba mucho tiempo, pronto se apagaría y quedaría en la oscuridad. Decididamente atravesó la reja como lo había hecho el primer día, cruzó por entre los altos yuyos y se adentró en la casilla abandonada. Su corazón latía tan rápidamente que le costaba respirar, la adrenalina invadía cada centímetro de su cuerpo. Por un instante pensó en su madre. Si algo le sucedía, nadie sabría que estaría allí. Se arrodilló sobre el desaseado suelo, donde había recogido el cuaderno y comenzó a revolver entre la suciedad en busca de la hoja faltante. Su estómago se revolvía a medida que escudriñaba entre la basura acumulada. Y, de pronto, casi como un milagro, la vio. La hoja se asomaba entre un montículo de tierra. La reconoció de inmediato. Apuntó la luz de su celular hacia aquel lugar y tomó con delicadeza la hoja para luego sacudirle el polvo y la tierra de encima. Se puso de pie con una sonrisa en su boca. Acercó la hoja a sus ojos. Algo estaba escrito allí. No cabía duda que era el final de la respuesta de Rebeca. Entonces Celeste quedó paralizada. Una lágrima se escapó de sus ojos. Tragó saliva. Sentía que se desvanecía, justo antes de percibir una larga e increíblemente oscura sombra que se proyectaba tras ella. Un hedor nauseabundo invadió repentinamente el lugar. Dejó caer la hoja mientras su cuerpo temblaba sin control. Dio media vuelta en lo que pareció una eternidad. Allí, frente a ella, en la entrada de aquella casilla abandonada, una sombría silueta la contemplaba en silencio, acercándose lentamente hacia ella. Tomada de su mano había una niña. Con ojos llenos de lágrimas, Celeste reconoció el rostro de la niña, asomándose entre sus cabellos negros como una noche sin luna. Se llevó un dedo hacia la boca en señal de silencio mientras una espantosa sonrisa se dibujaba en su boca sin vida. 'Rebeca' fue lo último que Celeste alcanzó a decir, justo antes que la oscuridad la envolviera por completo.

Idea original: Damián Araujo

REGALO DEL CIELO

Ezequiel Pineda

Elías era un hombre de campo, de esos a los que nada le importa la ciudad ni lo que allí sucedía. Vivía en su rancho junto a su querida esposa, cultivando lo necesario para vivir en una pequeña huerta y haciendo las veces de pastor de ovejas y ordeñador de vacas para ganarse el pan. Su vida era tan sencilla como compleja, levantarse a las cinco de la mañana no era tarea fácil al principio, en sus años mozos, pero con el pasar de los años se había transformado en algo tan habitual como la salida y la puesta del sol. El mate y una pavita de agua caliente lo acompañaban al establo por las frías mañanas, siempre seguido de cerca por su inseparable amigo Fierro, claro que le había puesto este nombre al perro por causa de Martin, porque de cachorro se ponía a aullar con las coplas que Elías entonaba con su guitarra. Habría querido nombrarlo "sombra" porque no había lugar donde no acompañara a su dueño.

Fierro fue para Elías ese pedacito de paz que buscaba encontrar en su interior. La noticia que el médico del pueblo le había dado años atrás lo había devastado por completo, y su esposa Elena no dejaba de llorar cada noche, acariciándose el vientre y cuestionándole al cielo su infertilidad.

Al poco tiempo de conocer la triste noticia que no tendría herederos para su rancho, Elías, en un ímpetu de tristeza se dejó llevar por su desazón a la cantina de Omar para vaciar algunas copas y ahogar la pena. Los amigos lo rodeaban y palmeaban su espalda al son de "estamos con vos" o "es una pena" pero fue en la guitarreada que las lágrimas no tardaron en llegar. Entre el alcohol y la tristeza salió de la cantina a trompicones, y con la vista nublada y los pasos inseguros, fue a parar al lodazal. Y fue allí, mojado hasta el tuétano y embarrado hasta el alma, dónde cruzó su mirada con la de aquel can, que con la cabeza ladeada y la cola dando vueltas como molino parecía burlarse de él, feliz de verlo en aquel lodazal.

Elena lo recibió con alegría también, y esa noche luego de las coplas a la luz del fogón, el cachorro paso a llamarse Fierro, y formar parte de sus vidas. Pero no era tan apegado a Elena como lo era con Elías, de él no se escapaba ni en la letrina, esperaba afuera hasta que salía, y así lo seguía por la huerta, al establo, al pueblo y a todas partes dónde su amo iba.

Ambos sabían que un perro no sustituiría el lugar vacío que tenían en sus corazones, pero había llenado otro lugar que los mantenía alegres, ocupados y viviendo. A pesar de los pronósticos, los enamorados siguieron intentando la bendición de lo alto, pero el tiempo fue implacable y Elena ya había pasado la edad adecuada. Elías de vez en cuando lloraba a la luz de la luna, y Fierro secaba sus lágrimas a lengüetazos para animarlo a sonreír, y siempre lo lograba. Así fue que una de esas noches de luna llena en las que Elías lloraba y Fierro lo animaba, que le habló como siempre lo hacía, pero esta vez para decirle: "Mi Fierro querido y fiel. Siempre te tendré conmigo amigo mío. Una y otra vez me salvas de la angustia. Nunca me separaré de ti".

La vida en el rancho era siempre la misma, una vida que Elena y Elías amaban por igual, y a la que Fierro se había acostumbrado de igual manera. Ayudaba a Elena a sacar los tomates y las zanahorias de la huerta; Elías le había enseñado a pastorear las ovejas, y sabía mantener a las vacas en su corral. Se había hecho amigo de Cacique, el viejo percherón de Elías, y los tres de tanto en tanto visitaban el pueblo para comprar aquello que la granja no les brindaba. Todos conocían a Fierro en el pueblo, incluso más que a Elías. Los chicos corrían a su lado, las mozitas lo acariciaban al pasar, y siempre esperaba el trozo de pan que le daba el viejo Aukan, un pequeño personaje mapuche que decía haber sido guerrero, quién siempre estaba sentado en los escalones de la capilla fumando su pipa. Una vuelta le dijo a Elías: "Deberías llamarlo Eluney". Tiempo después le había preguntado su significado, "regalo del cielo", le dijo el mapuche, y si bien el viejo Elías era reacio a creer los cuentos de aquel personaje, en esto le dio la mano y estuvo de acuerdo con que Fierro era un regalo.

El tiempo pasó y Elena se marchó con los vientos del otoño. Su compañera de baile ya no iría al tablón a mover su vestido morado; la huerta estaría marchita sin su belleza; su amiga de la vida no lo abrazaría más durante las frías noches. Su fiel esposa se había marchado triste por no darle a Elías la alegría de un hijo, y Elías maldecía el hecho de tener que verla partir. Se aferró a su cuerpo hasta que el Padre Jacinto lo apartó para entregar el alma a los cielos, elevando plegarias y predicando un sermón. En el funeral estaba casi todo el pueblo, hasta Aukan, que no era cristiano, se había animado a estar, y Elías lo escuchaba entonar una canción en voz baja, en un idioma tan viejo como la tierra. Hasta Fierro parecía triste, pero no para su amo, se acercó a él y le brindó sus lengüetazos y la cola en molinete para animarlo una vez más, pero Elías sólo lo palmeó en el lomo y se alejó sin sonreír.

Los días pasaron grises y callados, la granja parecía abandonada, Elías no salía de su rancho y Fierro lo acompañaba en su confinamiento. Algunos amigos pasaron para instarlo a salir, al menos para ahogar su congoja en las copas de la cantina de Omar, pero Elías ya no quería hacer nada más. Regaló las vacas y las ovejas, y hasta tuvo que obsequiar al viejo Cacique para que no muriese de hambre. Los soles y las lunas pasaron, hasta que sus ojos no vieron más, y la luz de Elías se extinguió en un suspiro. "Elena" fue lo último que dijo, y no hubo beso ni sacudida de Fierro que pudiera despertarlo. El viejo can se arrebujó a su lado y llorando se hecho a dormir.

Durante tres días velaron al querido anciano, la capilla estaba triste y el cielo lloraba desde que Elías partió. Cantaron himnos, y hasta una peña con cantores y danzas le dedicaron al difunto, y en medio del bullicio, Fierro, a los pies del cajón, yacía inmóvil sin ganas de mover más la cola. Al día siguiente el pueblo volvió a su rutina habitual, y sin lugar a donde ir, Fierro se quedó en la capilla, con los ojos llorosos a un lado del viejo Aukan. Los chicos lo miraban pero ya no corrían, las mozitas lo acariciaban al pasar, a la voz de: "pobrecito Fierro", todos sabían de su soledad, y se apiadaban de su tristeza.

Fue en uno de estos días habituales, una tarde calurosa de verano, cuando los que pasaban vieron a Fierro pararse y mover la cola, con la vista fija al final del camino principal. Muchos trataban de ver a que se debía tanta atención, pero entre carros y caballos y el polvo que éstos levantaban con sus cascos al caminar, era difícil divisar el camino. Pero Fierro veía algo que los demás no. El viejo Aukan, pitando su vieja pipa, agudizó su mirada de ojos tristes a donde miraba el animal, y quizás sin quererlo, lo vio. Fierro volvió a menear la cola como si de un molino se tratase, y sin dudarlo un instante, el viejo Aukan le dijo: "Te vienen a buscar Eluney, vuelve con tu amo. Tú has sido un regalo del cielo, ahora éste es tu regalo". El perro emprendió la carrera por el camino, los que lo veían pasar sonrieron con él, porque en el aire se percibía la alegría de su alma, por ver a un amigo que cumplía su promesa y volvía en su busca.

"Nunca me separaré de ti" le había dicho. Y Elías y Fierro se perdieron en el horizonte.

"Me pregunto si las estrellas se iluminan con el fin de que algún día, cada uno pueda encontrar la suya."

ANTOINE DE SAINT-EXUPÉRY

MAR DE ESTRELLAS

Sergio Helguera

Acomodó su vieja mecedora de madera y se dejó caer en ella, haciéndola crujir en el silencio de aquella noche de verano. Desde su diminuto balcón frente al mar podía observar toda la extensión del océano que se abría ante sus ojos. La brisa nocturna que provenía del océano traía a sus sentidos el recuerdo de los mejores años de su vida, cuando disfrutaba de las aventuras mar adentro en el viejo "Lobo de Mar", un destartalado pero resistente bote pesquero. Ahora, tantos años después, se conformaba con aquel paisaje que disfrutaba ver cada día en la tranquilidad de su hogar en la playa. En ese pequeño pueblo de no más de cien personas, había encontrado tranquilidad y cariño de todos sus habitantes. Disfrutaba caminar por sus calles de arena durante las mañanas, saludando a quien se le cruzara en el camino. Eso era importante para él, un viejo solitario pero que disfrutaba estar rodeado de seres queridos, atentos a su bienestar.

El rugir de las olas golpeando contra el espigón de piedra rompía el silencio de la noche. Alzó la mirada, en un intento por contar la inmensa cantidad de brillantes estrellas que el cielo le regalaba. Tantos días, tantas noches observando el mismo paisaje, habían hecho de él un experto en reconocer las diferentes constelaciones que se mostraban sobre su cabeza. Apagó su pequeño farol a querosene para ver mejor. Rodeado de oscuridad, contempló en silencio el cielo y suspiró, preguntándose cuán lejos estarían aquellos diminutos puntos de luz. Fue en ese preciso instante cuando algo llamó poderosamente su atención.

Entornó los ojos y agudizó la vista para observar un brillante punto de luz blanca que permanecía inmóvil en el horizonte, sobre el mar. Gracias a su vasta experiencia mar adentro, sabía perfectamente que aquello no se trataba de un barco, un bote o nada hecho por hombre alguno. Esa luz tenía algo especial, un brillo sin igual. Se puso de pie y la observó en silencio. La luz continuaba allí, y lo hizo durante toda la noche, sin menguar su brillo.

Al amanecer, se sorprendió a sí mismo dormido en su mecedora. No recordaba en qué momento sucedió, pero había transcurrido la noche en aquel pequeño balcón. Se puso de pie lentamente, sintiendo el dolor en sus huesos, fruto de sus años, y recordó. Alzó la vista hacia el horizonte, y aquella luz continuaba allí, brillante, más brillante que el sol durante el amanecer.

Las horas pasaron y su curiosidad crecía con el paso del tiempo. Parecía que nadie había visto esa extraña luz en el mar. Se preguntaba una y otra vez qué sería aquello tan hermosamente brillante, por qué las mareas no lo arrastraban mar adentro sino que, al contrario, permanecía en su mismo sitio. Al caer la noche sus inmensas ganas de conocer la verdad lo invadieron por completo. Caminó por la playa en la oscuridad, ayudado por su viejo farol. Por su mente cruzaban miles de posibilidades, pero sabía que ninguna de ellas era la causa de esa luz que le robaba el sueño. En un momento de extrema curiosidad y locura, se subió a su bote de madera y se adentró en el mar. A pesar de sus años, todavía se mantenía fuerte. La curiosidad lo impulsaba y le daba fuerzas para emprender aquella aventura, aventura que le recordaba sus mejores años de juventud. Sin perder de vista el brillo de la misteriosa luz, se internó lentamente en la oscuridad del mar y de la apacible noche. No pasó mucho tiempo cuando giró la cabeza para ver a sus espaldas, las luces del pueblo no eran más que diminutos puntos blancos. Descansó un instante y continuó remando hacia el resplandor.

El corazón comenzó a latirle rápidamente a medida que se acercaba a aquel objeto de luz, casi tan rápido como un corazón enamorado. Podía sentir el brillo en su piel, una cálida luz que no lastimaba sus ojos. Dejó descansar los remos y se asomó a un lado del bote. Flotando libremente sobre la superficie del mar, se encontraba un objeto en forma de estrella, de cinco puntas redondeadas, de aspecto liso y frágil. Sin perder más tiempo, estiró los brazos y lo sujetó con sus manos. Se sorprendió al sentir su peso, no pesaba más que una flor. Su superficie era lisa y muy suave, cálida y agradable al tacto. Su aspecto frágil y su apariencia era similar al de una piedra preciosa, brillante y pura, tanto que hasta podía ver su interior. La observó un largo tiempo, haciéndola girar en sus manos. Notó que su brillo no era tan intenso como el día anterior. Una loca idea cruzó por su cabeza. Alzó la mirada, temeroso que aquel pensamiento sea real. Y lo fue. Sobre su cabeza, en el cielo nocturno, decorado con miles y miles de estrellas, había un espacio. Un espacio vacío. En ese momento sintió temor, fascinación, y cientos de pensamientos surcaron su cabeza hasta enloquecerlo. Apoyó el objeto con cuidado y comenzó a remar de regreso. Llevaba un tesoro consigo. Algo que jamás nadie había alcanzado antes. El cielo le había hecho un regalo, o había sido afortunado de haber encontrado lo que todos han intentado tener sin poder alcanzar. Allí, quieta, brillante, frágil y hermosa estaba su tesoro. Su estrella.

No hizo falta encender ninguna luz. La habitación estaba completamente iluminada por la estrella, que había apoyado cuidadosamente sobre la mesa. Se sentó a su lado, sin quitarle la vista. Estaba completamente fascinado por su belleza y la calidez de su brillo. Era, sin dudas, lo más hermoso que había visto en toda su vida. Se preguntaba si brillaría por la eternidad. Un sentimiento se apoderó de su mente. Nadie debía saber de su nueva adquisición, pues intentarían arrebatársela de sus manos. Nadie, ninguna persona podría verla, siquiera enterarse de su presencia en el pueblo. Ese era su más preciado tesoro, y lo conservaría mientras viviese. Y allí permaneció, sentado en silencio, iluminado por el brillo de su estrella.

Al día siguiente, durante su recorrido por las calles en busca del pan recién horneado de la mañana, los rumores comenzaron a recorrer el pueblo. Se hablaba de una noticia que se escuchaba por las radios, una noticia increíble pero real. Una estrella había desaparecido del cielo, y todo el mundo hablaba de ello. Algunos decían que se había extinguido, otros que había viajado; había quienes aseguraban que nunca había existido, y estaban los escépticos que no creían en tal noticia. Lo cierto era que la mayoría de las conversaciones en el pueblo trataban sobre la estrella perdida, y todos sacaban sus propias conclusiones. Mientras tanto, él permanecía en silencio, ajeno a tal acontecimiento. Volvía a su casa y permanecía encerrado en ella casi todo el día, fascinado por su brillante tesoro. No pasó mucho tiempo cuando los habitantes del pueblo rumorearon sobre su extraña actitud. La noticia de la estrella perdida había quedado atrás, ahora se hablaba sobre qué le sucedía al viejo pescador, que permanecía en su hogar, y que ya nadie reconocía.

Muchos intentaron hablarle, pero sin obtener respuesta alguna. Golpeaban la puerta de su casa, inventando miles de excusas para verle, pero todo era en vano. Se rumoreaba que había fallecido, pero por las noches podían ver luz en su habitación. De vez en cuando, su sombra cruzaba su ventana, deshaciendo los rumores de su muerte. Poco a poco las personas comenzaron a olvidarlo y no mucho después, ya casi nadie se preocupaba por el viejo pescador. Los días pasaron, y su nombre había desaparecido de las conversaciones. Algunos decían haberlo visto comprar alimentos, pero no prestaban mucha importancia a aquella noticia.

Absorto en sus pensamientos, el viejo acariciaba la estrella, cuyo brillo había disminuido visiblemente. Se preguntaba cuánto dinero le darían si pudiera venderla. Se volvería millonario, pues podría pedir cualquier suma por ella, y de seguro se la darían. También sería un excelente regalo para una dama, qué mujer se resistiría si se le regalase una verdadera estrella del cielo. Intentó pedirle deseos, pero ninguno de ellos se cumplieron, era evidente que no era fugaz. Se imaginaba el lugar de donde provenía, qué fuerza misteriosa la había hecho caer. ¿Acaso las estrellas morían, como lo hacemos nosotros? De ser así, ¿por qué nadie nunca había encontrado una? Haberla encontrado había sido su destino, había sido un regalo del cielo sólo para él. ¿Sería justo que todos los demás pudiesen disfrutar de la calidez de su luz, de la suavidad de su superficie al tocarla? Las estrellas en el cielo brillan para todos, sin importar la edad, sexo, lugar, nacionalidad o credo... ¿era justo que la guardase para él y sólo para él? Suspiró y se puso de pie. Dio varias vueltas alrededor de la mesa, pensativo. De pronto se detuvo. Ya había tomado una decisión. Se acercó a la estrella y la tomó. Fue en ese momento cuando el horror se dibujó en su rostro. Un sonido de cristal rompió el silencio de la habitación. Alzó la estrella y la hizo girar en sus manos. Faltaba una de sus puntas. De inmediato bajó la mirada, para ver con terrible pesar que un pedazo de ella había caído al piso. Estaba perdiendo su rigidez.

Se estaba rompiendo.

Su brillo menguó considerablemente. El anciano comenzó a llorar desconsoladamente, reteniendo la estrella entre sus brazos. Tomó el fragmento, pero éste ya no brillaba, se había convertido en un trozo de piedra oscura y pesada; nadie jamás creería que formaba parte de algo tan brillante y hermoso. Escondió la estrella bajo sus ropas y salió al exterior, resguardado por la oscuridad de la noche. Ya no podía pensar con claridad, pero estaba convencido que debía dejar aquel tesoro donde lo había encontrado. Cruzó la playa con la rapidez que sus piernas le permitían y se apeó en el bote de madera, dejando descansar con extremo cuidado la estrella a un lado, que para aquel entonces no brillaba más que su pequeño farol a querosene.

El frágil bote se mecía en el vaivén de la marea, perdido en la oscuridad de la noche. El viejo pescador tomó la estrella una vez más y la acarició repetidas veces con sus manos curtidas por el tiempo y la sal, dejando caer sobre ella sus lágrimas de despedida. Estirándose a un lado del bote, la dejó reposar sobre la superficie del mar. En ese instante, la estrella comenzó a deshacerse, desprendiendo partes de ella que a su vez de desintegraban, cubriendo toda la superficie de pequeños y brillantes puntos de luz. Segundos después el mar alrededor del bote se encontraba cubierto de miles de diminutas luces, como un océano de inquietas luciérnagas que bailaban al ritmo de las olas. El anciano se dejó caer en el bote, meciéndose rítmicamente, al igual que su vieja mecedora de madera, y observó la belleza que lo rodeaba. Ahora el mar se había convertido en el reflejo del cielo, y ya no podía distinguir el horizonte. El bote parecía flotar en la noche, y una sensación de paz lo invadió, una paz que jamás había vivido.

Aquella inolvidable noche de verano, los lugareños se maravillaron al ver las playas cubiertas de hermosas luces. El mar les ofrecía un espectáculo inigualable, algo que recordarían todas sus vidas, por generaciones. Al anciano nunca más se lo volvió a ver. Algunos dicen que continúa encerrado en su hogar, otros que se fue del pueblo, y hay quienes aseguran que lo vieron partir en su viejo bote de madera, en busca de su propia estrella.

"La muerte es algo que no debemos temer porque, mientras somos, la muerte no es y cuando la muerte es, nosotros no somos."

ANTONIO MACHADO

LA FORTALEZA DE LOS ESPÍRITUS

Ezequiel Pineda

Resultaría más que complicado definir cómo se percibe el aire dentro de un mundo tan oscuro, incluso sería prácticamente imposible creer que algún ser vivo pudiera respirarlo. Sin embargo, desafiando cualquier hipótesis o superstición sobre el inhóspito ambiente en los dominios de la muerte, Renther se complacía recorriendo esta tierra inexplorada. Montando a caballo, poco le importaba el riesgo de perder su vida, ya que le había sido arrebatada cuando se llevaron a su adorada Adilai del mundo de los vivos, privándolo de su más preciado tesoro: su esposa.

Con pasos lentos pero seguros sobre las rocas ennegrecidas del sendero, su caballo Hasfan lo conducía hacia la Fortaleza de los Espíritus, la morada de La Muerte. Renther había tomado una decisión que lo arrastraría hacia un incierto final, o hacia el comienzo de un nuevo destino ignorado. Pero a su determinación no le importó cavilar sobre los posibles finales, sabía que no tenía más opción, no se resignaría a vivir entre los vivos sin su amada Adilai.

"Un verdadero guerrero nunca se rinde ante el enemigo mientras tenga fuerzas para combatir". Renther guardaba a fuego parte del juramento que había aprendido en su juventud, y que gracias a su maestro había puesto en práctica innumerables veces empuñando su espada. Por eso, dispuesto a combatir en tierras que ningún mortal pisó jamás, su espada estaba lista para enfrentar lo desconocido.

—Llegamos Hasfan, la Fortaleza—susurró a su fornido caballo blanco.

Un grito agudo y estertóreo surcó entre las briznas de viento helado, parecía anunciar la llegada de un extraño ante las puertas de la Fortaleza. Hasfan relinchó de miedo, pero Renther, impertérrito, lo calmó con unas palmadas en el cuello. El caballero sentía cómo el frío endurecía las ligaduras de su armadura color ébano, cómo la escarcha se resquebrajaba en la superficie metálica de su escudo. Sentía entumecerse los tendones de su cuerpo, y él gélido sudor brotando de su cuerpo le helaba la sangre a causa del temor; pero su coraje le hizo alzar la vista hacia la enorme mole de piedra que se erguía frente suyo, con el corazón encendido y la mirada ahogada en venganza.

Presentía la presencia de su amada dentro de aquel lugar, al igual que el terrible poder de su enemigo más temido, sólo los separaba una enorme puerta de hierro que debía cruzar.

—¡Ábreme! ¡Renther ha venido por tu cabeza! —vociferó desafiante el caballero ante la gran puerta.

Como empujada por una fuerza invisible la puerta comenzó a abrirse, el calor sofocante que emergía de la abertura contrastaba con al ambiente del exterior. El olor a azufre saturó sus narices y las de Hasfan, que nervioso movía la cabeza. Del interior sólo se podía apreciar oscuridad, como un enorme muro de un negro impenetrable les imposibilitara el seguir avanzando.

Renther se mantuvo en su lugar, pero con su diestra aferrando la empuñadura de su espada. Dos pequeños puntos blancos emergieron de las densas tinieblas del interior, dos criaturas que quizás en algún tiempo habían sido humanos. Pálidos, con las cuencas de sus ojos vacías y extremidades deformes, que avanzaban hacia Renther.

—Solicito audiencia en la presencia de vuestro Amo.

Renther se dirigió a ellos, pero no recibió respuesta. Repitió la sentencia, pero no había palabras que emitirían las criaturas, ni sonido alguno, solo sus pasos que se acercaban cada vez más a él.

Largos años de interminables batallas dotaron a Renther de habilidades dignas de un héroe, las canciones de los bardos lo enaltecían a la par de un semidios. Un temperamento forjado por una sabiduría marcial, un temple de acero producto de una vida de guerrero. Si ante los seres humanos nunca se amedrentó por la piedad o la misericordia, mucho menos lo haría ante unas criaturas aberrantes productos del infierno. Por ello decidido a no cejar en su empeño de salvar a su esposa, armado con su coraje y valentía, incitó a Hasfan a galopar en dirección a las criaturas, desenvainó su espada larga y arremetió con ímpetu sobre ellas, separando sus cabezas de sus cuerpos. Luego, sin mirar atrás, prosiguió en su carrera y se adentró en las tinieblas del interior.

Dentro de la densa oscuridad Renther no alcanzó a divisar nada en absoluto, la luz proveniente de la entrada no era suficiente para alumbrar todo el camino hacia el interior. Una melodía se escuchaba en el ambiente, suave y apacible. Hasfan relinchó nervioso, pero unas suaves palmadas de su amo volvieron a calmar al animal. Las bisagras de la gran puerta de entrada rechinaron mientras ésta se cerraba. En cuestión de segundos todo se tiñó de negro. La melodía seguía perceptible en el sofocante ambiente, el hedor a azufre saturó los pulmones del héroe y su montura, pero siguió implacable hacia adelante con paso resuelto y casi obligando al animal sujetándolo fuerte por sus riendas.

Más adelante unos pálidos reflejos blanquecinos se dibujaron en la oscuridad, como cientos de miradas dirigiéndose hacia él. Renther empuñó su espada nuevamente, aguardando quizás a un ejército de horribles criaturas aguardando el momento propicio para emboscarlo. Pero siguió caminando y nada sucedió. Unos aullidos lejanos se acoplaron a la música, seguidos de profundos gritos de agonía que hacían eco en las inciertas paredes del lugar. A pesar del calor, un sudor gélido empapó su frente al creer escuchar la voz de su amada llamándolo por su nombre. Fijando la mirada descubre un marco rojo en la oscuridad del fondo, como una puerta abierta en la inmensa penumbra.

—Amigo, espera aquí —susurró a Hasfan. Colgó su escudo en la montura y apuró sus pasos para acercarse sigiloso hacia aquella danzante luz escarlata.

El corazón le palpitaba acelerado, la ignominia sobre aquel lugar le implantó un temor que se fue colando imperceptible a través de sus sentidos, alejándolo de la entereza que deseaba poseer en aquel momento. Efectivamente la luz proveniente de aquel marco no era más que una puerta hacia otra cámara dentro de la fortaleza. Finalmente, el interminable pasillo oscuro llegaba a su fin. Observó con cuidado, agazapado en las sombras de una de las paredes, la increíble estructura del lugar sobrepasaba su entendimiento de la arquitectura, no era nada parecido a los que conocía. Las paredes eran inmensos muros que parecían tener vida, en constante movimiento reflejaban la luz roja proveniente del centro del lugar, pero desconocía el origen del resplandor. Inmensas vigas de piedra apuntalaban una bóveda invisible, no podía determinar su altura dado que la luz no llegaba hasta allí. Pero el odio que ahoga su alma era más intenso que el asombro que pudiera producirle cualquier maravilla. Oyó un murmullo en el interior de aquel lugar, debía ingresar pero necesitaba su escudo y su caballo. Con acérrima determinación volvió sobre sus pasos en busca de Hasfan para dar batalla a lo que se interpusiera entre el camino hacia los brazos de su amada.

—Hasfan— susurró dentro de la oscuridad. Creía estar de pie en el lugar donde lo había dejado—. Hasfan —Repitió, pero no alcanzaba siquiera a percibir la fuerte respiración de su fiel amigo.

Decidió avanzar unos pasos más en su búsqueda, pero sus pies tocaron algo en el suelo que estuvo a punto de hacerlo caer. Tanteó con sus manos el suelo, el calor del pelaje traspasaba sus guantes, pero Hasfan estaba inerte, sin vida. Con ambas manos tomó la cabeza de su caballo para quitarle la testera. Llorando, arrodillado a su lado, las emociones de Renther habían colisionado en su interior. La pérdida de una amigo tan leal como lo había sido su caballo de batalla, fusionado a la rabia que generaba el odio hacia aquel lugar, lo aturdieron al punto tal que gritó estruendosamente, y el eco se repitió en la inmensidad de la fortaleza.

Debo admitir que me resulta grato ver al gran caballero que doblegó ejércitos enteros ante el filo de su espada, postrado ante mí, llorando como un niño por esa miserable bestia.

Renther sentía la voz delante de él, pero no vio a nadie en la oscuridad que había dejado detrás. Tomó su escudo, se puso en pie y giró sobre sus pies para encarar hacia el marco rojo, haciendo caso omiso de la voz que lo retaba.

—¿Qué haces? ¿Me das la espalda? Enfréntate a mí. —dijo la voz airadamente.

—¿Quién eres? —indagó Renther sin mirar en su dirección.

—Soy el comandante del ejército de las tinieblas, soy...

—No eres nadie —interrumpió el caballero, escupiendo en

el suelo—, no eres siquiera digno del filo de mi espada, un despreciable cobarde que se esconde en las sombras como una rata y alardea de matar un inocente caballo, empresa que hasta un infante podría realizar. ¿Y eso es un comandante de las tinieblas? Seas quién seas, vete si deseas misericordia.

La respuesta a semejante insulto fue un grito de rabia tras sus espaldas, y una llamarada de fuego iluminando desde lo alto los pasillos oscuros. Renther giró su cabeza para presenciar la furia de un ser gigante del inframundo dispuesto a acabar con su vida.

—¡Tú clamarás por misericordia! —gritó el comandante, mientras se abalanzaba sobre Renther armado con un enorme mazo de marfil.

Al caballero poco lo amedrentaba el tamaño de su oponente, tenía experiencia defendiendo a su reino de salvajes gigantes de las montañas e incluso de furiosos dragones. Los golpes que fallaba el comandante fueron reiterados, y las estocadas de la espada de Renther fueron más certeras, él sentía un fuego que ardía con mayor intensidad que el que tenía sobre su cabeza en aquel lugar, el ímpetu alimentado por la venganza, la justicia y el honor de un caballero.

El rito de la batalla los fue llevando hasta el marco rojo al final del pasillo, los golpes del metal y la roca crepitaban en el silencio. Pasaron hacia el otro lado, entre las grandes vigas que se perdían en la oscura altura de la bóveda, el resplandor rojizo dejaba ver las danzantes paredes, y Renther advirtió que eran figuras humanas, que se movían, reptaban sobre sí mismas, pálidas y sin ojos, espíritus sin vida destinados a decorar la morada de la muerte. En el trajín del combate se vio de pie sobre un gran tablón, con un gran banquete servido, sus botas y las del gigante comandante volteaban todo a su paso, los invitados a la mesa observaban cada movimiento de la contienda. Renther los divisaba de soslayo entre cada embestida, notando que no se trataba de un público semejante al de los torneos que su rey organizaba para deleite del reino, no había ovaciones ni exclamaciones hacia su preferido, sus gélidas miradas se limitaban a observar en silencio, un inquietante y aterrador silencio.

Las fuerzas del caballero no eran las mismas que tenía al comenzar su odisea, su armadura se tornaba más pesada a cada segundo, su escudo lo desestabilizaba, pero sus brazos soportaron y aunque sentía su pecho estallar fatigado, el filo de su espada le dio la victoria una vez más, y la cabeza del comandante quedó sobre el tablón, como un macabro postre entre los majares del festín.

Enarbolando su espada y levantando el escudo, Renther aguardó a su próximo contrincante. Pero nadie se movía, sólo los enormes muros revestidos de espíritus agonizantes. Lo observaron sin moverse, sin emitir sonido, todo parecía un gran cuadro pintado por un artista demente. Hasta que una potente voz proveniente de la cabecera se abrió paso entre el silencio:

—Interrumpes mi banquete Renther. —La voz era serena y melodiosa, discordante con el ambiente que los rodeaba.

Renther buscó el origen de la voz con la mirada, en la cabecera del gran banquete estaba sentado el Señor de aquellos dominios, en un trono entretejido por huesos humanos, tan alto como el gigante que acababa de matar, y atrapada entre las garras cadavéricas de aquel trono estaba su amada Adilai. No pudo más que sentir el dolor que su rostro mostraba, la agonía a la cual estaba sometida. Caminó unos pasos al frente, ensimismado en la tarea de alcanzarla, pero el Señor se puso de pie, imponiendo autoridad. Renther se vio cegado por la reluciente armadura de su adversario, con ribetes tan dorados como sus cabellos. No sólo la voz era discordante con ese lugar, sino su aspecto, parecía un ángel en medio del infierno.

—Ella está donde pertenece Renther —comenzó el Señor—, su tiempo con los vivos expiró, ahora me pertenece, su casa es ésta, mi Fortaleza. Tenerla conmigo es un gran privilegio y el motivo de esta fiesta, en honor a la Princesa muerta, esposa del gran Renther.

Hizo una pausa para comer un bocado de la mesa, Renther sólo lo observaba con los ojos inyectados en sangre, como un lobo a punto de atacar a su presa.

—Has vencido por tercera vez a uno de mis comandantes, uno de mis mejores guerreros —prosiguió el Señor—, sólo que ahora dentro de mis dominios, una falta muy grave. Pero tendré misericordia de ti, y te daré la oportunidad de marcharte de vuelta a tu lugar y busques otra doncella con la cual revolcarte.

Renther permaneció desafiante, de pie sobre la mesa.

—¿Acaso crees que me marcharé de este infierno sin luchar por ella? —declaró el caballero— Devuélvela al mundo de los vivos y dime cuál es tu precio.

El Señor prorrumpió en una estruendosa carcajada que surcó el ambiente, avivando a los espíritus reptantes de los muros, algunos rieron con él, y los espectros invitados al banquete se mofaban de Renther.

—¿Vienes aquí a comprarme la libertad de tu esposa? —preguntó el Señor, aún riéndose— No hay nada que puedas hacer por mí, ni precio que puedas pagar, sólo puedo ofrecerte un sufrimiento indescriptible junto a tu adorada Adilai.

—Deberías simplemente soltarla, porque Adilai aún pertenece al mundo de los vivos. Ambos sabemos que no era su tiempo, sino tu venganza contra mí, por haberle quitado la vida a tu inmortal hermano. —Las palabras de Renther cambiaron el semblante de su enemigo, y la furia desplazó la serenidad anterior.

—No seré un dios de la muerte como tú —prosiguió Renther—, pero soy el mortal dispuesto a luchar por mi Adilai.

Ambas miradas de odio provocaron una atmósfera particularmente tensa, la Fortaleza entera vibró ante el choque de tan intensos espíritus, los espectadores se evaporaron como la niebla, y los muros se petrificaron, adoptando tonos de ébano.

66

—Lucha contra mí y demuestra que no eres un cobarde como lo fue tu hermano. —fue el desafío de Renther.

—Respetaré tu absurda valentía y no responderé con una carcajada nuevamente, pero reclamaré tu espíritu cuando sucumbas ante mí. Ambos serán mis trofeos.

Renther se sintió acorralado, no tenía más opción que aceptar las condiciones, pero no sin antes proponer las suyas.

—Bien— se resignó—, si vences seré tu prisionero por la eternidad, pero si yo soy el vencedor Adilai y Hasfan saldrán conmigo de la Fortaleza de vuelta con los vivos.

—Es aceptable. Si vences serás recompensado, pero pierde y sufre las consecuencias. —El Señor no podía evitar sonreír.

El ambiente se había teñido del color de la sangre, el calor y la armadura sofocaban a Renther. Suspirando dirigió una última mirada hacia su esposa, aún prisionera del trono de huesos, la vio sufrir, sin percatarse siquiera que él había llegado hasta allí para rescatarla.

Con un suspiro arrojó su escudo a un costado, el Señor observó extrañado tal acción, y dibujo una sonrisa socarrona en su comisura. Para agregar:

—Está escrito en las tablas del destino de la humanidad que yo siempre decido cuando es el tiempo de morir, al final siempre mueren, por eso yo siempre gano. Es mi decisión que hoy caerás ante mi espada. —Dicho esto desenvaino su espada.

—No necesitaré de mi fuerza ni mis habilidades para vencerte —Renther bajó la mirada, pero caminó despacio hacia su oponente—, el destino quizás haya escrito que hoy la decisión no será la tuya. Yo seré el vencedor.

Sin medir consecuencias, cegado por el incorruptible amor hacia su Adilai, tomó la daga de su cinto y la clavó en su propio corazón.

El sol despuntaba en el horizonte relegando a las sombras de la noche, la brisa matinal despertaba sus sentidos, respirando nuevamente el aire de sus tierras. Unos gráciles brazos lo aferraron de la cintura, y sintió como sus senos apoyaban su espalda, el dulce aroma de su cabello lo hizo sonreír, porque sabía que no había viajado en vano. Muy a su pesar el Señor de la muerte había cumplido con su palabra, no pudiendo vencer al gran Renther.

Desde aquel momento, los bardos entonaron con lágrimas de alegría en sus ojos, cada vez que la cantaban, la última estrofa de la historia del héroe que había entrado a la Fortaleza de los Espíritus, y venciendo a su Señor, arrebató de las garras del abismo al ser que más amaba. Y emergiendo hacia el amanecer, montado en el valiente Hasfan con su adorada Adilai, volvía vencedor al mundo de los vivos.

"Llegará un día que nuestros recuerdos
serán nuestra riqueza."
PAUL GÉRALDY

UN BOLETO
DE REGRESO

Sergio Helguera

Herminio se abrió paso entre la multitud, dejando atrás la extenuante fila de personas donde había transcurrido la última media hora. Le dolían los pies, pero el entusiasmo lo invadía. Aunque, a sus veinticinco años de edad ya había realizado ese viaje varias veces, se sentía como un niño en cada ocasión. A medida que se acercaba al andén sus ojos se abrían como dos grandes faroles, fascinados por la belleza de la grandiosidad y el poderío de esa máquina. Como un colosal dragón dormido, exhalando humo, o más bien vapor de sus fauces. La pintura negra de su reluciente fachada brillaba bajo la luz del mediodía de aquel soleado domingo de primavera. Aminoró el paso, con la esperanza de contemplar más detenidamente la belleza de su ingeniería. Aquellas innumerables ruedas eran casi de su misma altura. A un lado, grabado en una reluciente placa de bronce, el número 4118 marcaba su identidad, al igual que la inscripción 'GENERAL ROCA' sobre la caldera. Su mirada se había perdido en la inmensidad de su tamaño, en un intento vago por recorrer cada rincón de su complejidad. De pronto, el sonido agudo y penetrante del silbato se dejó oír desde lo más alto de aquella máquina, advirtiendo su pronta partida. Herminio aceleró el paso y, tomándose de la barandilla del primer vagón, subió las angostas escalerillas e ingresó.

Se alegraba de no tener pesadas maletas cargando sobre sus brazos, el hecho de viajar ligero le permitía disfrutar aún más del viaje. En su interior sentía que algo dejaba atrás, pero poco le importó en ese momento. Se descubrió caminando por el coche salón, un amplio vagón finamente decorado, reservado para las reuniones de las familias adineradas. Sus paredes de madera eran tan brillantes que podía reflejarse en ellas. Sus pies se hundían en una costosa alfombra mientras avanzaba contemplando la reluciente mesa central, rodeada de cómodos sillones. Las cortinas caían prolijamente sobre las ventanillas, ocultando parcialmente el movimiento de las personas que deambulaban por el lugar. Un hogar a leños apagado era el único testigo silencioso de las conversaciones que allí se desarrollaban durante los largos viajes. Luego de atravesar un largo pasillo, Herminio continuó avanzando. Contempló el boleto que tenía en su mano, no advertía indicación alguna sobre su ubicación, pero era un hecho irrelevante ante el entusiasmo que corría por sus venas. Dejó atrás el pasillo y cruzó hacia el siguiente coche. De inmediato reconoció que se trataba de un coche de camarotes. Delante de sus ojos apareció un largo y estrecho pasillo, con una fila de ventanillas a su izquierda y, del otro lado, las puertas de cada uno de los compartimientos. Sobre su cabeza, una hilera de finas lámparas eléctricas iluminaba el lugar. Nuevamente el sonido del silbato de la locomotora se coló entre las pocas ventanillas que se mantenían abiertas. Debía acomodarse para emprender el viaje. Abrió una de las puertas e ingresó.

El sofá-cama del compartimiento era llamativamente cómodo, por lo menos así lo sentía Herminio luego de estar casi una hora de pie. Se ubicó al lado de la ventanilla que daba hacia la estación, donde las personas iban y venían sin un rumbo cierto. Entrecortado por el viento, a sus oídos llegó la lejana voz de un niño, gritando reiteradas veces su nombre. 'Estará buscando a su padre', pensó. Giró la cabeza a ambos lados y contempló todo el lugar. Aunque el espacio era reducido tenía todo lo necesario para hacer agradable el viaje. El diminuto dormitorio estaba compuesto por dos mullidos sofá-cama, un pequeño lavamanos de mármol color marfil, un escritorio plegable bajo la ventanilla y un reducido toilette. Sobre su cabeza, un ventilador metálico en el centro era acompañado por dos lámparas eléctricas adornadas con relucientes tulipas blancas sobre una base metálica. Un perchero vacío sobre una de las paredes y un espejo del tamaño de su rostro. Todo se encontraba en perfectas condiciones, tal como lo recordaba desde la última vez que estuvo allí, hace ya… no lo recordaba bien en realidad. De pronto, la voz del niño se oyó una vez más, pidiendo por su padre, tal vez, cuyo nombre era el mismo que el suyo. Herminio se preguntaba cómo era posible que se tuviera tal descuido como para perder un hijo aunque aquel día, eran muchas las personas que se disponían a viajar. Suspiró profundamente, contemplando el interminable desfile de viajeros que atravesaba la puerta de su compartimiento. Se preguntaba si debía cerrarla y así obtener un poco de privacidad pero, quizás, aún debían llegar sus compañeros de viaje. Cada viaje era una oportunidad de conocer diferentes personas, cada una de ellas con sus propias aventuras, sus historias y sueños. Para Herminio, viajar en ese tren significaba horas de placer y de agradable compañía.

Contemplando la multitud que se aglomeraba alrededor del tren, se preguntaba cómo era posible que todos ellos pudieran abordarlo. Simplemente eran muchos, no creía suficiente la cantidad de coches que aquella locomotora podría arrastrar. A su mente regresó la voz del niño perdido. ¿Habrá encontrado a quien buscaba? No tenía reloj y desconocía qué hora era para entonces, aunque no podía recordar bien el horario de partida. El boleto en sus manos no mencionaba ningún detalle del viaje, simplemente un mensaje de bienvenida. Algunas cosas habían cambiado desde la última vez que había viajado en aquel tren. Al parecer, el viaje se había atrasado más de la cuenta. No recordaba ya cuánto tiempo había permanecido allí sentado, pero era de comprender, mucha gente quedaba aún por abordar y llegaban más y más. Fue entonces cuando Herminio escuchó de manera recurrente la voz del niño llamando a su tocayo. Esta vez podía oírlo más cerca. 'Ojalá el niño pueda encontrar a su padre, o a quien sea, antes de que parta el tren', pensó. Casi como respuesta a su pensamiento, el silbato de la locomotora volvió a sonar con más fuerza esta vez.

Angustiado por el niño perdido, Herminio se puso de pie y asomó la cabeza por la ventanilla, en un intento por encontrarlo entre la multitud. Era tanta la cantidad de gente que le fue imposible descubrirlo. Se mantuvo un momento allí, a la espera de volverlo a escuchar, pero su preocupación fue mayor y salió hacia el pasillo del coche. Mezclándose entre la gente, se apresuró a dirigirse hacia el extremo del vagón. Tal vez pueda ayudar a ese pequeño a encontrar a la persona antes que sea tarde. Quiso avanzar más de prisa pero le era imposible, la fila de personas caminaba tan lentamente que demoraría una eternidad en salir. En ese preciso momento escuchó la voz del niño una vez más, estaba más cerca, la oyó con más claridad. Esa voz le sonaba extrañamente familiar. Metió la mano en su bolsillo en busca del boleto, tal vez se lo exijan al ingresar nuevamente al coche. Su mano rebuscó en cada rincón del bolsillo pero no podía encontrarlo. Su corazón comenzó a latir con rapidez. ¿Acaso le habían robado el boleto? Miró hacia atrás, sobre el piso, pero el avance de la gente le impedía detenerse. ¡He perdido el boleto! El silbato insistente de la locomotora pronta a partir aceleró más su corazón. Entonces, en ese instante, una pequeña mano lo tomó del brazo. Herminio bajó la mirada y vio al niño allí, a su lado, contemplándolo con una sonrisa de oreja a oreja. 'Se te cayó el boleto', le dijo exten-

72

diendo su mano y entregándole la diminuta cartulina. Desconcertado, Herminio tomó el boleto y lo observó detenidamente para comprobar que era de él. Ahora lo veía con más claridad, impreso con grandes letras podía leerse una leyenda.

Bienvenido al Museo Ferroviario.Que disfrute su estadía.

Totalmente confundido, Herminio miró al niño frente a él, sus ojos eran extrañamente similares a los suyos, al igual que las facciones de su rostro. Lentamente comenzó a comprender y el mundo a su alrededor se transformó por completo. El chico le tomó de la mano con fuerza.

—Vamos, abuelo —le dijo—. Tenemos que irnos, ya se nos hizo tarde.

"Cualquier destino, por largo y complicado que sea, consta en realidad de un solo momento: el momento en que el hombre sabe para siempre quién es."

JORGE LUIS BORGES

DAMIÁN

Ezequiel Pineda

I

Mientras cocinaba, Anabella podía ver a su pequeño jugar con los soldaditos de plástico verde que su padre le había regalado por su quinto cumpleaños. Lo observaba de soslayo, intentando terminar la cena a tiempo, antes que llegara su esposo del trabajo. Un aire temeroso se reflejaba en las pupilas de Anabella. Algo en su hijo la inquietaba sobremanera. Ya no era el pequeño revoltoso que correteaba por la sala o la cocina, hostigándola para que jugara con ella. Había cambiado un par de días antes de cumplir cinco años. Su carácter correspondía más bien al de alguien sereno, callado, distante.

Anabella miró el reloj de pared que marcaba las 20:30hs, en pocos minutos llegaría su marido. Esperaba ansiosa poder verlo, contarle sobre su pequeño Damián, acerca de lo que le había dicho mientras volvían del jardín. El tiempo se hacía interminable. Una lágrima rodó por su mejilla, producto del ácido aroma de la cebolla, o tal vez de la presión que habitaba en su interior y la aprisionaba. Desde donde estaba podía ver a su hijo ordenar perfectamente los soldaditos en líneas iguales, enfrentados para alguna batalla imaginaria. Quizás, en otro momento se sentiría orgullosa de la inteligencia que demostraba su pequeño, pero en ese instante deseaba verlo patear los soldaditos o hacerlos volar por los aires, en vez de formarlos estratégicamente como si del mapa de algún capitán de la guerra se tratase.

—¡Amor, ya llegué! —el saludo de su marido desde la entrada la sobresaltó un poco.

—¡Estamos en la cocina papá! —gritó Anabella aliviada de escucharlo entrar.

Con una amplia sonrisa Javier entró en la cocina, olfateando el ambiente.

—Mmm… ya saboreo lo rica que estará la cena —luego de decir esto saludó a Anabella con un beso. Ella le devolvió el cumplido con una sonrisa nerviosa, con su mente aún puesta en lo que tenía para contarle.

—¡Hola campeón! —esta vez Javier se acercó a Damián y se agachó a su lado para observar a que estaba jugando.

—¿Te gustan los soldaditos?

El niño no contestó, la expresión de concentración que denotaba su rostro llamaba un poco la atención de Javier, pero éste se limitó a sonreír, le beso la mejilla y le enmarañó el pelo, para volver a ponerse de pie. Anabella, que estaba observando la situación, sabia de alguna manera que su esposo no notaría el cambio en su hijo. Había estado buscando las palabras correctas para comenzar la charla durante todo el día, sólo esperaba que su marido se encontrara receptivo esa noche, dado que muchas veces llegaba exhausto del trabajo.

—Tengo que contarte algo amor —comenzó ella con la

charla.

—Decime, mi cielo —le respondió Javier a la vez que la rodeaba con sus brazos y le besaba el cuello.

—Es Dami, vení, vamos al living —lo tomó de la mano y lo llevó con ella.

El living sólo estaba iluminado por la luz que provenía de la cocina, por alguna razón Anabella esperaba que Damián no escuchara la conversación, así que habló en voz baja:

—Pasó algo en el jardín, me contó la maestra —la expresión en el rostro de ella preocupaba a Javier, no estaba al tanto de ningún comportamiento raro de su hijo en los últimos tiempos, así que por otro lado se veía relativamente sorprendido.

—¿Se golpeó?, no me digas, se volvió a hacer pis encima, te dije que iba a llevar tiempo, es que...

—No, no es eso —lo interrumpió ella ansiosa.

—¿Entonces?

—¿No viste lo que estaba haciendo recién? ¿No notaste que no corrió a saludarte como siempre? —Javier lo había notado, pero pensó que sólo se debía al entusiasmo de jugar.

—Sí, pero es que está entretenido, ¿eso que tiene que ver con lo que pasó en el jardín?

La expresión en el rostro de Javier no tardó en parecerse a la de Anabella, a causa de la intriga que sentía al respecto de lo que ella tenía para contarle.

—Javi, está todo conectado. Desde que cumplió cinco que cambió mucho.

—Sí, claro, creció.

—No es sólo eso. Escuchame —Javier notaba la exasperación asomarse por el talante de su esposa—, hoy le dijo a la maestra que no se llamaba Damián, sino Fernando.

Ambos se quedaron mirándose a los ojos, ella a punto de

llorar, él simplemente quieto, hasta que rompió el silencio y dijo sonriente:

—Amor, es un chico, seguro imagina que se llama Fernando, capaz…

—¡Capaz nada! —la interrupción de Anabella fue tajante— No es sólo eso, no puede imaginar que se llama Fernando Aquino, ni que es un piloto de avión, ni que está buscando a su mujer, que también tiene nombre: Lucrecia Quiroga.

Anabella no pudo contener el llanto y derramó sus lágrimas sobre el pecho de su marido mientras lo abrazaba. Él trataba de entender todo lo que ella le dijo, intentaba dilucidar que estaba ocurriendo.

—¿De dónde puede sacar esos nombres y esa información un chico de cinco años? ¿Me querés decir? — decía Anabella entre sollozos.

Javier optaba por no decir nada, simplemente la abrazaba y besaba su frente, mientras veía la silueta de su hijo, de pie bajo el dintel de la puerta de la cocina. Los estaba observando. Javier lo miró fijo a los ojos, Damián le sostuvo la mirada un instante, dio media vuelta y volvió a su lugar junto a los solda-ditos perfectamente formados.

II

Un nuevo día filtraba su luz por las hendijas de la persiana. Javier no había podido pegar un ojo en toda la noche, preocu-pado por su hijo. Anabella, en cambio pudo descansar gracias al abrazo protector de su marido. Pero "¿de qué la protegía?" pensaba para sí Javier. Su pequeño no sería capaz de lastimar-los, pero así como Anabella lo había notado Javier también lo hizo, fue testigo de una mirada fría, distante, de una pausada quietud en sus movimientos y de un silencio aterrador para un niño de su edad. Las únicas palabras que había pronunciado fueron "Buenas noches" antes de entrar a su cuarto.

Durante la noche ambos había acordado llevarlo a lo de un amigo que hacía poco se había recibido de psicólogo, quizás él podría darles alguna respuesta con respecto al comportamiento de Damián.

Quitando con suavidad a Anabella de su pecho, Javier se levantó de la cama, pensando en llamar a su jefe para avisarle que debía faltar al trabajo para llevar a su hijo al médico. No le gustaba mentir, pero no era una excusa del todo desacertada. Se dirigió al baño como de costumbre, pero al salir de su cuarto notó la puerta de la pieza de Damián abierta. Se asomó, y lo que presenció lo dejó pasmado: Damián estaba de rodillas al pie de su cama, con la cabeza inclinada, las manos entrelazadas tocando su frente y rezando con precisión el "Ave Maria", seguido del "Padre Nuestro". Javier esperó cada palabra, incrédulo, en parte aterrado, porque tanto él como su mujer siempre fueron agnósticos y no se le cruzaba en la mente nadie que pudiera haberle enseñado eso a su hijo. Corrió en busca de su esposa; al entrar al cuarto la vio desperezándose y ella lo miró entreabriendo los párpados a causa del resplandor del día. Sin mediar palabras, Javier le hizo un gesto para que guardara silencio y otro para que lo siguiera. Anabella, entendiendo que algo sucedía con Damián, lo siguió sin dudarlo. Pero cuando llegaron a la puerta del cuarto del pequeño, Damián estaba sentado sobre la cama, mirando hacia donde estaban ellos. Ambos entraron a saludarlo. El niño inmediatamente corrió el rostro hacia abajo para evitar sus miradas.

—Campeón, buen día. ¿Qué te pasa que tenes esa carita? —le dijo Javier sentándose a su lado y rodeándolo con un brazo.

—Contále a mami —Agregó Anabella arrodillada, tomándole las manos.

Damián no respondió a ninguno de los dos. Las miradas de los padres se cruzaron preocupadas, se quedaron un instante en silencio, hasta que Javier se animó a romperlo:

—¿Quién te enseñó a rezar Dami? —hasta ese momento Anabella no sabía lo que su marido había visto y oído, por lo que su expresión fue de sorpresa.

—No me llamo Damián —fue la única respuesta del niño.

Las miradas se volvieron a cruzar aterradas. Javier corrió repentinamente con un brazo a su mujer y tomó su lugar de cuclillas frente al muchacho. Lo tomó de los hombros, con el ceño fruncido y el semblante transformado por el enojo.

—¿Por qué decís eso Damián? Es tu nombre, el que elegimos con mami para ponerte. ¡Sos nuestro hijo! —una zamarreada hizo llorar al niño. Al instante Anabella empujó a Javier al suelo, enojada, y tomó a Damián en brazos.

—¡Dejálo! Así no Javier, ¿qué haces?

Los ojos llorosos de Anabella apaciguaron en Javier esa cólera generada por la impotencia, y el llanto del pequeño en sus oídos lo llenó de culpa.

—Llamalo a Juan Manuel, que se haga un lugar para vernos hoy por favor —le dijo ella mientras salía del cuarto con el pequeño a upa. La mirada de Damián sobre el hombro de su madre se posó en los ojos de Javier, esos ojos llorosos no le reflejaron la tristeza que esperaba encontrar, pero parecían estar llenos de odio.

III

El despacho de Juan Manuel distaba mucho de ser el de un Psicólogo profesional, pero para un recién recibido que buscaba su clientela era perfecto. Tenía lo justo y necesario, un escritorio, una silla, un diván y el retrato de Sigmund Freud junto al flamante diploma. Los tres lo esperaban de pie mientras Juan Manuel despedía a uno de sus pacientes con la puerta de la oficina entreabierta.

El nerviosismo de Javier y Anabella eran más que evidentes para la perspicaz mirada de Juan Manuel. Dando su último saludo con un gesto de su mano entró en el recinto mirándolos fijamente.

—Chicos, sus caras no me gustan para nada. ¿Qué anda pasando? Perdón, siéntese por favor, al menos los tres en el diván por el momento no tengo tantas sillas como verán —los tres tomaron asiento, pero Juan Manuel sólo se apoyó en el escritorio, mirándolos pensativamente.

—Es... complicado, Juan... yo... —Javier dudaba de contarle a su amigo lo que estaba sucediendo, temía que lo tomara por chiflado.

—Javi, no demos vueltas por favor. Contáme.

—Yo te voy a contar, Juan —la determinación del reciente profesional le dio ánimos a Anabella para contarle lo sucedido.

Hablaron durante un largo tiempo, entre palabra y palabra Juan Manuel no podía evitar mirar al pequeño Damián, y captar esa misma sensación que sentían sus padres. Cuando terminaron de expresar lo que llevaban dentro, Juan Manuel se acercó al pequeño, quién nunca se había movido de su asiento, con la mirada perdida en la alfombra azulada del piso. Sólo se detuvo frente a él a mirarlo, no le dijo nada pero sí lo tomó de la barbilla para intentar mirarlo a los ojos. Encontró algo que nunca pensó ver en la mirada de un niño de cinco años: desolación y en esa desolación una gran ira contenida. No supo explicarlo con palabras a sus padres, ni siquiera a él mismo, pero es lo que sintió al mirarlo a los ojos.

—¿Y? ¿Qué me decís Juan? —Javier lo urge impaciente.

—No sé si pueda ayudarlos, me están diciendo cosas que no podría atribuirlas a un desorden de personalidad, quizás a algo parecido pero evidentemente más complejo—, Juan Manuel no salía de su asombro, conocía a sus amigos, y sabía que no le mentirían en algo semejante— si me permiten podría hablar con él.

—Claro —dijo Anabella sin dudar.

Si las palabras de sus amigos eran veraces se encontraría a otra persona que no era Damián al hablar con el pequeño, cosa que le intrigaba, pero a la vez lo asustaba.

—Hola —comenzó tímidamente Juan Manuel—, ¿te acordás de mí? Soy Juan. ¿Cómo era tu nombre?

—Fernando

Ante la respuesta, Juan Manuel miró hacia sus amigos, Anabella comenzó a llorar y Javier movía la pierna evidentemente nervioso.

—Fernando, encantado de conocerte entonces. Te pareces mucho a Damián, pero seguro me estoy equivocando —dijo Juan Manuel sonriente, y aprovechando que el niño no lo miraba le guiña el ojo a Javier, haciéndole notar que le seguirá el juego.

—En parte te equivocas. Ellos me llamaron Damián al nacer, pero mi nombre es Fernando Aquino, no tengo nada que ver con estas personas.

Anabella se puso en pie sobresaltada, era incapaz de contener más el llanto, que emergió pavoroso al escuchar la respuesta elaborada de su hijo. Javier no lo podía creer, su pierna dejó de temblar, pero su corazón podía oírse desde donde estaba Juan Manuel, que poseía en su rostro la misma expresión de su amigo.

—Cálmense por favor —dijo éste sin salir de su perplejidad, luego agregó: —Debemos seguir hablando con él, creo que es la única manera que entendamos un poco de todo lo que sucede.

—No lo van a entender —pronunció el niño, ahora levantando la vista hacia Juan Manuel, quien reculó al cruzase son su gélida mirada. Anabella rompió en un nuevo llanto, alejándose hacia la puerta, y Javier llegó hasta el borde del diván.

—Fernando, si nos explicas quizás podamos entender—. Se animó a pronunciar Juan Manuel casi en un susurro, con la incredulidad marcada en su semblante.

—Encuentren a Lucrecia, por favor —fue la sentencia del niño.

Todos cruzaron miradas, incapaces de razonar sobre la naturaleza de lo que estaban presenciando, como si de la falacia de un mal sueño se tratase. La respiración agitada de Anabella, quien se cubría la boca con las manos, era lo único audible en el lugar. Nadie se animó a pronunciar otra palabra, ni siquiera Juan Manuel con su flamante título, aunque su parálisis se la atribuyó más al hecho de conocer a sus amigos y al pequeño Damián, que a su inexperiencia en el campo de la psiquis humana. Pensó que un poco de imparcialidad hubiera sido lo mejor para el caso. Pensando en esto se interpuso entre los espasmos de Anabella y dijo:

—Llamaré a alguien que quizás pueda ayudarnos.

—No necesito ayuda —continuó el pequeño, con una pronunciación perfecta de las palabras —. Solo necesito encontrar a mi esposa, Lucrecia. Sé que aún vive.

Sin poder soportarlo más Anabella salió corriendo del despacho, golpeando la puerta tras de sí. Javier se armó de valor, cruzó miradas con Juan Manuel y ambos entendieron que debían seguir con la conversación.

—Entonces, Fernando… ¿sabés dónde podemos encontrarla? —preguntó Juan Manuel.

—Vivíamos en el Pasaje Timbo, en Flores, puedo guiarlos hasta la casa. Pero necesito verla, debo hablar con ella —con cada palabra la incredulidad de ambos crecía a la par junto al temor. No sabían a qué se estaban enfrentando, pero Damián no podía ser aquel niño.

—¿Y no nos querés decir a nosotros lo que pensás decirle a Lucrecia cuando la encuentres? —indagó Juan Manuel.

—No. Sólo llévenme con ella.

IV

La fachada de la casa estaba pintada de rosa, con rejas negras en puertas y ventanas, era una construcción vieja pero bien cuidada. Juan Manuel había querido acompañarlos, no sólo por la amistad que lo unía a la familia de Javier, sino porque sin dudas este caso daría mucho de qué hablar en el futuro. Tocaron el timbre, que entonó una melodía compuesta por campanas, y al instante una figura se dibujó del otro lado del vidrio opaco de la puerta de entrada.

—¿Quién es? — gritó una mujer del otro lado.

—Buen día señora. ¿Aquí vive Lucrecia Quiroga? —preguntó Juan Manuel.

—¿De parte de quién?

—Díganle que son los hijos de Ramona, es su prima —nuevas palabras del muchacho que enmudecieron a los tres y los hizo palidecer.

—Somos los hijos de Ramona —siguió el juego Juan Manuel.

La figura desapareció un instante, luego se escuchó el tintineo de varias llaves y la puerta se abrió. Una señora vestida con ambo rosa se asomó sonriente, para observar a los visitantes inesperados.

—Adelante. La señora está en la sala, me dijo que hace tiempo no los veía —la mujer les permite ingresar a la casa sin problemas.

—Muchas gracias —dijo Javier tratando de disfrazar su nerviosismo.

La casa era amplia, la luz del día ingresaba al lugar por varias ventanas y por un gran ventanal que separaba la sala principal de un frondoso y bien cuidado jardín. En el centro de la sala, un sillón de cuero blanco era el asiento de una anciana con bastón que miraba a los visitantes con el ceño fruncido.

—Ustedes no son los hijos de Ramona —dijo la anciana mirándolos de hito en hito a cada uno.

Nadie supo que responder a la afirmación de la mujer, era evidente para todos que se trataba de Lucrecia, pero también que ella conocería a sus familiares. Dudosos se fueron mirándose entre sí, hasta que todas las miradas se posaron en el pequeño Damián. El muchacho se aproximó con paso lento a la señora, ella lo miró y le regaló una sonrisa.

—Hola, lindo —le dijo con una grácil mirada—, ¿Cómo te llamás, corazón?

—¿Sólo querías el dinero, verdad? —nadie se esperaba que el niño respondiera con semejante pregunta.

—¿Cómo dijiste, cariño? —insistió Lucrecia, pensado que no había escuchado bien.

—Sólo buscabas mi dinero, mi seguro de vida. Me mataste para poder cobrarlo, quién diría que un militar condecorado sería asesinado en su propia casa, por su propia esposa. ¿Y para qué? ¿Esta casa? ¿Elegancia? ¡Explicame por qué, Lucrecia!

La señora se horrorizó, no sólo ella, sino todos. Anabella volvió a llorar, incrédula y temblorosa, Javier tenía el rostro desencajado de temor y sorpresa, y Juan Manuel, tratando de no perder la entereza, encendió la grabadora que escondía en el bolsillo de su pantalón.

Lucrecia tartamudeó un momento, con los ojos fuera de órbita, sin entender lo que sucedía.

—En la radio escuché que era domingo 15 de Marzo. Yo estaba indefenso, Lucrecia, sin poder moverme, pero veía, escuchaba, sentía. Sentí cómo me ahogabas con la almohada, vi la determinación en tus ojos, hasta que todo fue oscuridad. ¿Por qué, Lucrecia? —el niño lloraba mientras decía estas cosas y tapaba su rostro con ambas manos. Las declaraciones eran claras, todos lo escuchaban, pero oír semejantes cosas en la voz de un niño de cinco años podría volver loco a cualquier persona, y por las expresiones de todos en el lugar, parecía estar lográndolo.

Lucrecia perdió el control de su bastón y se le cayó al suelo, su respiración se dificultó y se tomaba el pecho con ambas manos.

—Pero… pero… ¿cómo es posible que este niño diga esas cosas? Dios mío, Dios mío… —la voz de la anciana no eran más que estertores agonizantes, le estaba faltando el aire, y las fuerzas parecían abandonarla.

—Dios no te puede ayudar, querida —la actitud del niño había cambiado, y la hostilidad era evidente en su tono de voz—. No soy ningún niño, soy Fernando, tu marido, y no morí como era tu deseo, no del todo. Y ahora tengo a ellos como testigos de tu crimen. Vine para que lo confieses ante estas personas.

El semblante de la mujer empalidecía con cada segundo, Javier atinó a acercarse, pero el niño se lo prohibió sólo con la mirada. Los sollozos de Anabella eran cada vez más fuertes al notar que a la anciana le estaba por dar un ataque.

—Ve con ella, tranquilízala —dijo el pequeño a Javier, señalando hacia donde estaba Anabella.

—¡Sí, sí! ¡Yo lo hice! —gritó Lucrecia, llorando, con su último aliento de aire. Ya no podía respirar, sus ojos miraban a la nada.

—Que el final que me diste sea el mismo para ti, mi amor. ¿Qué se siente no poder respirar? —dijo el pequeño siniestramente. Los espectadores estaban paralizados. En sus cabezas se iban formando algunas respuestas con respecto a todo lo que habían vivido, pero el miedo, la impotencia y la desesperación eran los sentimientos predominantes en sus corazones.

La anciana dejó de luchar con el dolor y se desplomó con sus ojos perdidos en el perlado cielorraso de la sala. El pequeño la observaba sonriente. La mujer de ambo rosa, su cuidadora, entró horrorizada al lugar, gritando, maldiciendo y elevando plegarias, todo al mismo tiempo. Ellos la veían moverse, desesperada, de un lado a otro, intentando revivir a Lucrecia, con el teléfono en la mano; pero el resto no se movía, todos parecían estatuas, efigies erigidas con el único propósito de observar hacia Damián, hacia ese pequeño que afirmaba llamarse Fernando.

Juan Manuel, siempre escéptico en lo que concierne a religiones, con su lógica psicoanalítica, dudó en su interior, de pronto se sintió decepcionado, incluso de él mismo. Traicionando sus convicciones y sin dejar de mirar al pequeño, se animó a preguntar: "¿Eres, entonces… un espíritu en el cuerpo de Damián?"

Hubo un silencio. Ni Javier ni Anabella pensaron jamás en hacer esa pregunta, aunque muy en sus interiores estuvo presente desde el primer día en que Damián admitió ser Fernando Aquino.

—No. No soy un espíritu, soy un alma, un alma que tiene una nueva oportunidad en el cuerpo de este pequeño. Durante mucho tiempo estuve dormido, al despertar era éste niño, pero mis recuerdos, mi mente, mi vida siempre estuvieron presentes en mi cabeza, y lo siguen estando. Nunca dejé de ser yo, Fernando. Gracias por traerme a casa —terminó la frase sentándose en el gran sillón color marfil, a un lado de su difunta esposa.

Anabella lloraba, incapaz de creer lo que oía, sólo repetía "mí Dami" una y otra vez, mientras Javier la consolaba abrazándola, acompañándola en el llanto. La irracional pesadilla no terminaba, el dolor era insostenible, Javier pensó en el discurso del niño, contenía su propio llanto, para permanecer fuerte ante su esposa. Cerró sus ojos y recordó la última vez que lloraron abrazados de esa manera, cinco años atrás, pero no fue de miedo o tristeza, sino por una inmensa felicidad, cuando su pequeño Dami llegó al mundo.

Nunca olvidaría aquel domingo 15 de Marzo.

*"La venganza es el manjar más sabroso
condimentado en el infierno."*
WALTER SCOTT

EL BESO DE LA VENGANZA

Sergio Helguera

Los brillosos zapatos negros avanzaban a paso firme sobre el piso de cemento gris. El eco de las pisadas resonaba en toda la extensión del extenso pasillo. A izquierda y derecha se podían escuchar los susurros de aquellos que todavía estaban en la aterradora e interminable espera de su final. Inquebrantables barrotes de metal decoraban toda la extensión del pasillo de la muerte, como lo habían bautizado sus propios moradores fugaces. El capellán pasó su mano sobre la frente para secarse el sudor que caía sobre su rostro. A medida que avanzaba podía sentir la tensión que aumentaba a cada paso. Aferró con más fuerza la Biblia en sus manos y giró la cabeza para asegurarse que los guardias seguían de cerca sus pasos. Insultos inimaginables y desesperadas súplicas llegaban a sus oídos de todas las direcciones, pero esa noche, su pensamiento estaba dirigido a una sola persona en particular.

Se detuvo a pocos pasos de la puerta metálica que lo separaba de él. Dos guardias armados se adelantaron y, siguiendo cuidadosamente el protocolo correspondiente, abrieron sigilosamente la puerta. El chirrido del metal se escuchó más fuerte que de costumbre. En ese mismo instante los murmullos y gritos callaron por completo y el silencio se apoderó del lugar. Los guardias retrocedieron un paso y se ubicaron a cada lado de la puerta, antes de indicarle, con un gesto, que era su turno de ingresar. Ajustándose el alzacuello, alzó su Biblia hasta la altura del pecho y luego de inspirar profundamente, avanzó.

Sus ojos se acostumbraron rápidamente a la oscuridad de la diminuta habitación. Sentado sobre la cama de metal amurada a la pared se encontraba un hombre fornido, de unos cuarenta años de edad, de tez morena. Se mantuvo inmóvil, con su cabeza inclinada, la cual sostenía con sus manos. El capellán avanzó dos pasos más hasta detenerse frente a él y alzó su mano para apoyarla sobre su hombro. En ese instante el hombre alzó la cabeza. A pesar de conocer el procedimiento, parecía sorprendido por tal visita.

—¿Qué quiere usted de mí? —preguntó con su voz grave y penetrante.

El capellán dio un paso hacia atrás y bajó su mirada.

—Vengo a darte la bendición de Dios, hijo —contestó con voz temblorosa.

—Yo soy Dios —aseguró el condenado alzando más su voz—. No necesito ninguna bendición. ¿No lo ve? ¡No me ve!

Acercándose lentamente hacia la puerta, el capellán observó a los guardias que permanecían atentos a la situación. El reo se puso de pie de un salto y alzó sus brazos.

—¡Yo soy Dios! —exclamó— ¡Yo soy inmortal! ¡Inmortal!

Ante esa reacción los guardias ingresaron y con un par de movimientos lo redujeron de inmediato. Sin resistirse, el condenado fue esposado de pies y manos para luego conducirlo fuera de aquella habitación que lo había albergado por más de tres meses. Sus gritos se hicieron eco a lo largo del pabellón mientras avanzaba hacia su destino final.

Todos los internos conocían la historia de aquel asesino a quien le había llegado la hora. Él mismo se había encargado de relatar una y otra vez, con orgullo, su macabra hazaña. Su relato podía escucharse cada noche desde la soledad de su oscura y húmeda celda. Aun el hombre más rudo y cruel del pabellón se rehusaba a acercársele lo más mínimo. En su mirada podía observarse odio, locura, muerte. Con sus propias manos había asesinado a tres guardias la primera noche, motivo por el cual había sido confinado al pabellón con más seguridad que esas instalaciones podían contar. Culpado por más de veinte violaciones seguidas de muerte, fue capturado y condenado gracias a una pequeña niña de once años que había sobrevivido a su tortura lo suficiente como para delatarlo antes de fallecer. Ese había sido su último golpe.

Rezando en voz baja, el capellán trataba de concentrarse haciendo caso omiso a los gritos del condenado que avanzaba pocos pasos atrás. Jactándose de su inmortalidad y su pronta venganza hacia todos, el reo caminaba torpemente por el pasillo con sus manos y pies encadenados. A cada lado, los guardias lo sostenían de los brazos empujándolo hacia su destino. Con un chirrido, la puerta de rejas se deslizó hacia un lado dejándolos avanzar. Pocos metros adelante se encontraba un grupo de personas de pie. El condenado reconoció inmediatamente a uno de ellos a medida que se acercaba. Era la madre de la pequeña niña que lo había delatado. Con sus brazos cruzados, la mujer observaba la escena que se presentaba ante sus ojos. Esbozando una leve sonrisa en su boca, seguía con su mirada el camino de aquel asesino que había dado fin a la vida de su niña. De pronto, para sorpresa de los guardias, el condenado se detuvo y con un fuerte movimiento se dirigió hacia la mujer. Cubrió rápidamente los cuatro metros que lo separaban de ella y se detuvo frente a la madre de su víctima.

—Yo no voy a morir, ¿sabe? —le dijo mirándola fijamente a los ojos— Regresaré y la mataré así como maté a su pequeña y miserable hija. ¡Yo voy a...

En ese momento los guardias lo tomaron del cuello y lo derribaron al suelo para luego hacerlo poner de pie nuevamente. Recobrando el aliento, el condenado resopló y movió su cabeza a cada lado haciendo crujir su cuello. Fue en ese instante que la mujer avanzó repentinamente hacia donde se encontraba.

—¡Esperen!

El sorpresivo movimiento lo desconcertó a tal punto que no reaccionó en absoluto. Los guardias trataron de impedir que se acercara, pero la mujer avanzó decidida hasta él y con sus dos manos tomó su cabeza. Luego de mirarlo fijamente a los ojos por un instante interminable, se puso en puntas de pie y le dio un beso en la frente. El reo se mantuvo en silencio, inmóvil, completamente sorprendido ante ese inesperado acto. Observó en silencio a la mujer alejándose. Solo un nuevo empujón de los guardias lo sacaron de ese estado, para luego desaparecer detrás de la puerta metálica.

Una angosta puerta de madera pintada de verde sostenía un cartel que rezaba "SALA DE EJECUCIÓN". El condenado avanzó escoltado por los dos guardias, atravesando la puerta y adentrándose a una pequeña sala. Las paredes estaban cubiertas de azulejos color verde claro; en una de ellas, una ventana de vidrio dejaba ver la sala contigua, donde se encontraba la mujer y otras personas más que desconocía. Dos pequeñas mesas metálicas descansaban en un rincón. Gobernando el centro de la habitación se encontraba una camilla cubierta de sábanas blancas. Sobre ella descansaba una cómoda almohada. Dos apoyabrazos se extendían a cada lado. En un extremo, un gran reloj redondo colgaba de una de las paredes marcando las 23:52 horas.

Los guardias destrabaron las esposas de las manos y liberaron sus pies cuidadosamente. El condenado se sentó sobre la camilla en silencio, observando todo a su alrededor. El calor en la habitación era insoportable. La puerta se abrió nuevamente y dos personas vestidas completamente de blanco ingresaron. Sentado sobre la camilla, el hombre observó detenidamente a través del vidrio, hacia las personas que estaban en la habitación contigua. Detuvo su mirada hacia la mujer. *"No moriré"* dijo sin emitir sonido alguno. Detrás del vidrio, la mujer sonrió y negó con su cabeza suavemente. Se acercó hacia el vidrio y apoyó su mano sobre él.

El hombre de blanco apoyó la mano en su hombro y lo recostó sobre la camilla. La fuerte luz de la lámpara que colgaba sobre su cabeza lo enceguecíó por un instante. Sintió las cintas sujetarlo fuertemente a la camilla, justo antes de que extendieran su brazo izquierdo hacia un lado para sujetarlo también contra el apoyabrazos. Boca arriba, observó una cámara de video que grababa el momento y un micrófono que colgaba sobre su cabeza. "¿Tiene una última palabra?",escuchó decir a alguien, pero simplemente negó con su cabeza. Giró la cabeza hacia un costado para ver a la mujer que continuaba con su mano apoyada contra el vidrio. A través del reflejo podía notar una suave sonrisa en su rostro mientras observaba la escena.

Un fuerte pinchazo en su brazo lo hizo sobresaltar, pero sus movimientos se vieron frustrados ante las fuertes ataduras. Los dos hombres de blanco caminaron rodeando la camilla y mirando detenidamente su brazo. Luego de unos instantes, uno de ellos asintió con la cabeza y desaparecieron fuera de su vista. A través de un pequeño parlante se escucharon unas palabras, pero no prestó atención a lo que se decía. Podía sentir su corazón latir cada vez con más prisa, con más fuerza en cada latido. El reloj marcaba las 23:59. Unos segundos después se escuchó un chasquido metálico y el silencio cubrió la habitación. Podía sentir las miradas de todos los presentes, escuchar su propia respiración, el latido de su corazón. Un instante después sus músculos se relajaron por completo, una sensación de paz lo invadió por completo. Los párpados comenzaron a sentirse pesados y sus intentos por mantener los ojos abiertos fueron en vano. Su respiración se volvió cada vez más pausada. Todo se sentía maravillosamente bien.

Abrió los ojos. La luz sobre su cabeza ya no le molestaba como lo había hecho instantes antes. El reloj en la pared marcaba las 00:03. Esbozó una sonrisa en su rostro y suspiró profundamente. Las correas que lo sujetaban se sentían mucho más flojas que antes. Una sensación de alivio recorrió todo su cuerpo. "*Lo sabía*", se dijo a sí mismo reiteradas veces. El hombre de blanco se acercó y auscultó su pecho insistentemente para luego desaparecer detrás. Inmediatamente después el capellán avanzó unos pasos hacia la camilla y, luego de observarlo detenidamente, pasó su mano extendida sobre su rostro, desde su sien hasta su boca. Se extrañó ante tal acto, pero de inmediato sintió la camilla moverse y girar hacia un lado. La ventana de vidrio quedó frente a él, y pudo ver a la mujer que continuaba mirándolo fijamente con su extraña sonrisa. Desde la camilla, quiso abrir la boca para esbozar unas palabras, pero le fue imposible, estaba completamente adormecido. Un guardia se acercó y luego de cubrirlo con una sábana blanca, empujó la camilla fuera de la habitación. "*¿Dónde me llevan?*", pensó. Las pequeñas ruedas deslizándose sobre el piso de cemento resonaban a través del interminable pasillo. Debajo de la sábana, no podía distinguir dónde se encontraba.

Luego de unos instantes el movimiento se detuvo. De un tirón la sábana fue quitada y una figura se acercó hacia él. Era el doctor de la prisión. Ya había tenido el gusto de visitarlo reiteradas veces después de las frecuentes riñas. Portando sus gruesos anteojos, el doctor lo auscultó nuevamente, abrió su boca con sus dedos y giró su cabeza a cada lado una y otra vez. "*¿Qué demonios están haciendo?*" se dijo a sí mismo, pero ninguna palabra salía de su boca. Intentó moverse una y otra vez, pero todo intento era en vano. Solo podía mover sus ojos. De pronto otra persona ingresó a la sala con una carpeta en su mano.

—¿Hora de la muerte?

—Cero horas, un segundo.

¿Hora de la muerte? ¡No estoy muerto! Pero sus palabras no salían de su boca. *¿No ven que los estoy mirando? ¡Estoy vivo! ¡Vivo!*

¡Vivo!

Los dos hombres observaron su rostro y cuerpo una vez más susurrando entre ellos. De pronto, un sacudón repentino. La camilla comenzó a trasladarse nuevamente. Con todas sus fuerzas intentaba moverse, pero ningún músculo respondía a sus desesperados intentos. Por más que quisiese, solo silencio salía de su boca entreabierta. ¿Acaso no se daban cuenta que sus ojos se movían?

El tiempo parecía transcurrir más rápido de lo normal. Inmóvil en la camilla observó cómo trasladaban su cuerpo y, con horror descomunal, sumergirse en un ataúd de madera. Su cuerpo se negaba a expresar sus desgarradores gritos suplicando ayuda. Irremediablemente vio la tapa apoyarse sobre su cuerpo y, luego de varios golpes sordos, quedó inmerso en la oscuridad total.

Una sensación de frío intenso recorrió todo su cuerpo inerte. Ya no podía calcular el transcurso del tiempo. En ese preciso instante comprendió lo que estaba sucediendo. Sus palabras se habían hecho realidad. La inyección letal había cometido su macabra tarea a la perfección. Su cuerpo estaba muerto, pero él aun se encontraba con vida. Su propio cuerpo era ahora su prisión. Una cárcel de la que no podría escapar jamás. Sumergido en la locura, recordó a la mujer, la madre de aquella niña y el beso que había recibido justo antes de la ejecución. ¿Será posible que esto sea consecuencia de ese beso maldito? ¿Una terrible venganza por lo que había hecho? Comenzó a llorar desconsoladamente, pero las lágrimas no se escapaban de sus ojos. Comenzaba a comprender, con tremenda desesperación, que estaría allí por siempre.

No había visto ninguna luz al final del túnel. Ni un cielo claro lleno de paz; o un infierno de fuego y tortura. Hasta eso hubiera sido mucho mejor. Deseaba con todo su ser que alguien, por piedad, pudiera cerrarle los párpados; tal vez así, pudiera evadirse por un instante de la desesperación.

El tiempo comenzó a deshacer lentamente su carne. El beso maldito de aquella desconsolada madre lo había condenado a estar vivo, tal como él lo había decretado. Comenzó a ver movedizas figuras color verdoso en una danza espectral. Y continuó viendo por interminables días hasta que sus ojos se pudrieron por completo. Luego siguió sintiendo ciegamente cada parte de su cuerpo ser devorada por las alimañas de su propia putrefacción. Con indescriptible dolor, deseaba profundamente su final. Pero sabía que continuaría vivo. Vivo hasta que la tierra consumiera la última célula de su cuerpo.

"La locura, a veces, no es otra cosa que la razón presentada bajo diferente forma."
GOETHE

EN LA ISLA

Ezequiel Pineda

La imagen se disipaba lentamente entre la neblina de la costa, la pequeña embarcación ya era una silueta envuelta en un mar de sombras, y Juan quedaba completamente sólo. Permaneció de pie un instante, con la vista fija en el difuso barco que lo había llevado hasta allí. Sus manos estaban aferradas a su espalda con pesados grilletes de acero herrumbrado, que lastimaban sus muñecas. Observó a su alrededor, a diestra y siniestra todo lo cubría una espesa niebla marina. Cuando por fin volvió en sí, aún con la vista puesta en la nada, intentó agudizar sus sentidos, así alcanzó a percibir la soledad que lo envolvía en una negra sábana de incertidumbre y pesar.

La densidad del ambiente era tal que hasta le resultaba dificultoso oír el sonido del océano, lo más nítido era el tintineo de sus grilletes al moverse de un lado a otro, buscando hacia donde caminar. Pero podía oler la humedad de la costa pedregosa, y la salada brisa del mar que cada tanto se filtraba entre la espesa niebla. Sentía la piel de sus pies descalzos desgarrada a causa de las filosas rocas, y el frío implacable hacía arder su piel. A pesar de todo intentó caminar en dirección contraria al mar, en busca de un lugar mejor donde estar. El camino lastimaba aún más la planta de sus pies, hasta sus rodillas al trastabillar y caer en varias oportunidades. Desistiendo de caminar se sentó sobre una gran roca negra y aplanada, contemplando la sangre de sus heridas sin poder hacer nada para curarlas, más que sumergirlas en agua salada. Un dolor punzante sacudió todo su cuerpo y se desvaneció.

Al despertar no supo por cuanto tiempo había estado sobre aquella roca, pero un viento fuerte había dispersado la niebla en parte, dejando al descubierto el panorama de aquella isla. Sintió miedo, un miedo que si bien debilitaba su coraje, le dio el ímpetu para salir de la roca donde estaba y adentrarse un poco más hacia la isla, ahora podía ver la costa, donde el mar dejaba de azotar las piedras.

La isla carecía de arena, todo era de negro ébano rocoso, afiladas rocas se levantaban a los pies de ventosos riscos, donde golpeaban con fuerza las imponentes olas del mar.

De pronto el cielo rugió y una tormenta arreció sobre la soledad de Juan, quién abrió su boca para beber del agua de lluvia y calmar su sed. De rodillas, ayudado por sus manos, bebía y era consciente que estaba en ese lugar para morir, que lo habían dejado allí por alguna triste razón que no recordaba, pero que seguramente merecía. Las lágrimas se perdieron entre las gotas de lluvia, pero la enorme tristeza que cubrió su alma lo hizo caer de rodillas, devastado por el incierto destino que lo aguardaba dentro de aquella isla. Temblando de frío lloró hasta que la lluvia dejó de caer, debilitado por la incertidumbre de su sino permaneció de cara al suelo, sintiéndose incapaz de seguir adelante.

—¿Estarás mucho tiempo dando lástima? —Juan se sobresaltó al escuchar una voz muy cerca suyo. Un hombre permanecía de pie a su lado, vestido de harapos y con una rama seca de bastón. No vio en él una amenaza, pero era el primer individuo que veía en ese espantoso lugar.

—¿Quién eres? —Preguntó Juan tímidamente.

—Respondes una pregunta con otra. Eso me da una pauta de con quién estoy hablando. Eres un imbécil—. La insultante declaración del extraño enmudeció a Juan por un instante, pero cambió lo suficiente en su interior para dejar de lado la tristeza que lo abatía y responder:

—Hasta hace un momento estaba sólo en esta isla, no tenía por qué dar lástima a nadie. Mi tristeza es genuina.

El individuo lo observó detenidamente, Juan entonces pudo percatarse que se trataba de un anciano con un largo cabello gris que enmarcaba su rostro en una frondosa barba enredada.

—Una respuesta sincera, pero carente de fundamentos. Sígueme, tengo un fuego a unos metros, deberías calentarte —Tras decir esto, el anciano dio media vuelta y emprendió la marcha sin mirar atrás. Juan, sin más que hacer, lo siguió.

El fuego entibió la sangre de sus venas y calmó el frío que sufrían sus huesos a causa de la lluvia. Juan se percató que ambos estaban en silencio, mirando las danzantes llamas de fuego. Las cadenas en sus muñecas habían sido removidas por el anciano, y las heridas que habían dejado ardían tanto como aquel fuego.

—Usted no ha respondido a mi pregunta —Dice Juan sin dejar de mirar el fuego.

—Porque no respondo a obviedades. Tú ya sabes quién soy —No esperaba aquella respuesta, pero la familiaridad de aquel rostro cubierto de suciedad le era evidente. La sorpresa no fue demasiada, porque ya lo había visto, quizás en otro lugar ya se había encontrado con él.

—Tú eres...yo —dedujo al fin.

—Así es, nos volvemos a ver en esta maldita isla. ¿Ahora lo recuerdas? —dijo su yo anciano, mirándolo fijamente.

Un vendaval de imágenes recorrió su memoria, no era la primera vez que estaba allí. Esa isla que al principio desconocía ahora le era familiar. Comprendió que estaba allí por el castigo de no haber protegido a su familia, a su mujer y su hija. Las vio desvanecerse en sus brazos, como la arena en el viento, sus vidas arrancadas del mundo por alguien que lo derrotó, por un ser despiadado que despreció su existencia al punto tal de arruinar su vida sin importarle en lo más mínimo. No pudo más que volver a llorar, lamentarse a conciencia de todo lo que había perdido, lo que más amaba se había esfumado dejando tan solo un recuerdo difuso.

—¡Despierta maldito imbécil! —el anciano le gritó a la vez que lo golpeaba con su bastón— ¡Despierta de una vez por todas!

El anciano proseguía con los golpes y Juan se cubría el rostro con las manos, su estado era tan débil que sólo eso podía hacer. Hasta que una sombra apareció entre las rocas, y Juan alcanzó a ver la silueta de un cuchillo en una de sus manos. La sombra arremetió contra el anciano y acabó con su vida en un instante.

Juan, aterrado se arrastró por el suelo alejándose del asesino. Observándolo bien notó que los párpados del atacante estaban cocidos, y no podía ver. La sangre chorreante del cuchillo cayó en uno de sus pies, Juan no tenía más lugar para retroceder.

—Te salvé la vida Juan, a ti no te voy a matar, pues me mataría a mí mismo —dijo el asesino sibilante—, este necio se aparece y pretende separarnos, aunque sepa que él eres tú, y tú eres yo, pero donde él esté yo no puedo estar, y eso no me gusta.

Juan no comprendía, pero ese rostro también le era familiar, a pesar de carecer de ojos se parecía mucho al anciano, y a él mismo, sólo que caminaba encorvado y no tenía cabello.

El asesino se sentó en el lugar donde había estado el anciano antes, frente al fuego, y clavó su cuchillo en la negra tierra de la isla. Extendió sus manos en busca del calor de las llamas y sonrió satisfecho.

—¿Sabes lo que odio de esta isla? —prosiguió— El frío. Pudiendo haber elegido otros escenarios, se te ocurre un lugar como éste.

—¿Acaso tengo elección? —respondió Juan titubeante.

—Claro que sí. Todo este horrible lugar está en tu mente, es tu creación.

Juan no pudo más que fruncir el ceño y extrañarse de esas palabras, pues el lugar parecía bien real, las frías rocas, el viento helado, las heridas de su cuerpo, todo eso era su realidad, su calvario.

—No digas locuras, tú, yo, esta isla, todo es real.

—Locura, sí. Ese soy yo, tú locura. Digamos que de alguna manera merezco estar en este lugar, porque es por mi causa que tú lo creaste —El asesino sonreía con cada palabra.

—¡Ya cállate! —gritó Juan desesperado, cerrando fuertemente sus ojos.

—No pienses que ahora estás perdiendo la cordura, porque ya la perdiste. Tu cordura era este viejo inútil que está muerto a tus pies, siempre queriendo despertarte a palazos… Jajajaja —la risotada sonó tétrica y estrepitosa—, pero siempre estoy yo para salvarte, una y otra vez.

—Pero, ¿quién me salva de ti? —la pregunta de Juan enmudeció al asesino por un instante, parecía pensativo y perturbado.

—Ya es tarde para eso querido Juan. Tú te encerraste en esta isla, te encerraste en este mundo que es tu tristeza; atado por las cadenas de la depresión que laceran tu alma, esos grilletes que tu cordura cada tanto intenta quitarte. Pero no, tu negatividad es tan grande que llegaste a crear un mundo sólo para ti, abatido por los fríos vientos de la desesperación. Y desesperas porque no sabes que hacer, no sabes cuál es tu final.

Un nuevo silencio hizo recapitular a Juan sobre todo lo sucedido, una vez más el recuerdo de sus seres amados, desdibujado por la culpa y la tristeza, aparecían en su mente.

—Éste es mi final, a tu lado, recibiendo el castigo por no haber podido proteger a mi familia de aquel asesino —dijo Juan volviendo a llorar.

—Tu castigo no es por lo que no has hecho, sino por lo que hiciste —la respuesta del asesino extrañó a Juan—, tú me usaste para quitarle la vida a tu familia, te castigas por haberlas asesinado atrapado por la locura, no supiste protegerlas de ti mismo.

Juan gritó. Gritó hasta que no le quedaron fuerzas para hacerlo, nada que sus sentidos pudieran percibir del ambiente era tan doloroso como lo que acababa de escuchar: la verdad.

—Yo las amaba. ¿Por qué lo hice? —dijo para sí en voz baja.

Su locura, que estaba cerca, lo escuchó. Se agazapó a su lado y le susurró al oído:

—Lo hiciste porque las amabas Juan, porque las amabas.

Juan sonrió y repitió con los ojos cerrados, una y otra vez *"las amaba, las amaba, las amaba"*.

El asesino, satisfecho, mostró sus dientes en un intento de sonrisa, y sin mucho preámbulo se percató de que había vuelto a ganar, y clavó su cuchillo en el corazón de Juan.

*"Otra noche sin poder dormir por culpa del café,
ese de tus ojos..."*
URIEL LEDESMA

EL CAFÉ DE LA ESQUINA

Sergio Helguera

El ya familiar y agradable aroma a café recién molido se mezclaba con la fragancia dulce proveniente de los numerosos racimos de blancos jazmines dispuestos de manera ordenada sobre el mostrador. El 'Café de la Esquina' siempre lo esperaba con los brazos abiertos y un entorno más que acogedor durante las frías mañanas de invierno. Nicolás se abrió camino entre las mesas vacías y se dirigió hacia su lugar habitual, donde el mozo ya le había dejado el diario matutino, como de costumbre. La calidez del ambiente lo obligó a deshacerse del pesado abrigo y la larga bufanda tejida a mano por su abuela tiempo atrás. Se acomodó en la silla e hizo a un lado el diario para dar lugar a la humeante taza de café con leche que el mozo le había preparado con anterioridad. "Que tengas un muy buen día, Nico", dijo mientras dejaba sobre la mesa el platillo con sus dos medialunas de manteca. Con un gesto de agradecimiento, Nicolás devolvió la gentileza y se dispuso a endulzar su café, mientras dirigía su mirada hacia adelante, hacia ella.

Allí estaba ella, como cada mañana, sentada en la mesa número 36 junto a la ventana que daba a la avenida, leyendo el diario en silencio. Era hermosa, realmente hermosa, su brillante cabello caía como una cascada de brillantes sobre sus hombros. Sus finas manos acariciaban las páginas de aquel diario en un movimiento que lo hipnotizaba por completo. No sabía su nombre ni de dónde era, pero verla allí cada día durante las últimas semanas era un placer al que se había vuelto adicto. Su voz era serena, suave y encantadora. Su rostro era increíblemente bello. Nicolás no recordaba haber visto a una chica tan bonita anteriormente. Pero había algo en ella que lo preocupaba, lo desconcertaba en cierta forma. Sus ojos. Sus ojos castaños eran preciosos, como dos luceros en la más oscura de las noches, pero al verlos no podía sentir otra cosa que tristeza. Sí, su mirada delataba un dejo de tristeza en ella, tan profunda que no podía disimularlo, siquiera con la belleza de su semblante. Y así había sido desde la primera vez que la vio entrar al café, aquella fría mañana casi tres semanas atrás. Nicolás se había limitado a contemplarla en silencio, desde su mesa, inventando mil maneras de poder acercarse. Pero su timidez vencía cada una de las batallas y, hasta ese momento, ella se encontraba tan cerca pero tan lejana a la vez que le dolía en el corazón. Era evidente que el mozo sabía lo que sentía por ella, cualquier persona que lo viese podría advertirlo. Pero a Nicolás poco le importaba, se limitaba a suspirar y dar el último sorbo de su café.

Extrañamente, esa mañana lluviosa y gris el café de la esquina se encontraba prácticamente vacío, salvo por un par de mesas ocupadas por una pareja de ancianos y un hombre de negocios completamente abstraído de su entorno. Y ellos dos. Con la mirada extraviada en la multitud que deambulaba por la calle, ella ignoraba por completo su presencia, o por lo menos así lo creía él. En un arranque de decisión inusual, Nico reunió voluntad y se determinó a resolver la situación. No debía pensarlo demasiado, tomaría sus cosas, se pondría de pie y se dirigiría hacia ella para presentarse, decirle unas lindas palabras e invitarla a tomar un café, o lo que sea. Miró a su alrededor y dejó el pago sobre la mesa para luego ponerse de pie. Caminó pausadamente entre las mesas vacías y encaró directamente hacia la mesa número 36, donde ella se encontraba. Su corazón latía tan rápidamente que creía poderlo escuchar. Tres mesas lo separaban, dos… una… Preparó su mejor sonrisa cuando, de pronto, tropezó. Se vio sobre el piso, no sentía dolor, pero sí lo invadía una sensación de vergüenza que le impedía expresarse normalmente. La vio ponerse de pie y, con una sonrisa, extender su mano hacia él. Su mano…

—¿Estás bien?

Nico no respondió, se limitó a asentir con la cabeza. No supo si devolver la sonrisa o no. Se puso de pie de inmediato, acomodándose la camisa, el abrigo y salió del café sin mirar hacia atrás. Durante aquel día y aquella noche, repitió en su mente tan estúpida caída y cuán terriblemente tonto se había mostrado delante de ella. Inventó miles de diálogos que podría haber dicho, cientos de cosas que podría haber hecho para arreglar tan embarazoso momento. Pero las cosas habían resultado así. Y mañana por la mañana estaría allí, al igual que él. Se preguntaba si recordaría el papelón del día anterior. Acaso… ¿se acordaría de él?

Tal como lo había pensado, ella estaba allí, en su mesa número 36, leyendo el diario en silencio. Se preguntaba por qué extraño motivo leía cada una de las páginas del diario. Aunque se trataba de un periódico local y su contenido era escaso, ella prestaba especial atención en cada artículo, cada imagen. Pero poco le preocupaba sus motivos, en su cabeza todavía llevaba el peso de lo ocurrido el día anterior. El mozo se acercó hacia su mesa trayendo consigo las dos medialunas de siempre.

"La próxima vez será", dijo con una sonrisa cómplice. Nico devolvió la sonrisa. Y, en ese preciso momento, una nueva idea apareció en su mente. Se apresuró a beber su café y, con una medialuna en la boca, tomó sus cosas y se marchó. La mañana era agradable en la ciudad y el entusiasmo que lo invadía lo llevaba a caminar con una sonrisa, contrastando con todos a su alrededor. Rápidamente cubrió la distancia que lo separaba de la casa de avisos del periódico local e ingresó. Solicitó publicar un aviso para la siguiente edición, a lo cual la recepcionista accedió amablemente a ingresar su pedido.

> A la chica de ojos tristes de la mesa 36 del
> Café de la Esquina. Soy un chico solitario al
> igual que tú. ¿Cómo te encuentras hoy?

Luego de su hazaña, las horas de aquel día parecieron ser una eternidad. La ansiedad lo enloquecía y no veía la hora de ver el resultado de su locura. Esa noche le fue casi imposible dormirse, la bonita chica del café ocupaba cada uno de sus pensamientos.

El día había amanecido tan agradable como el anterior y el café de la esquina se encontraba silencioso. Nicolás tomó rápidamente el diario que había sobre su mesa y se dispuso a leer la sección de avisos. Tal era su entusiasmo que no advirtió la llegada de su café ni el saludo amable del mozo. Luego de unos instantes, lo descubrió. Allí estaba. El mensaje que había dejado el día anterior. Lentamente bajó el periódico y asomó sus ojos sobre las páginas para contemplar a la chica, la cual se encontraba concentrada en la lectura del diario. Nico suspiró, con la esperanza de que leyera el mensaje, y con la incertidumbre de una respuesta por parte de ella.

El mozo se extrañó cuando, a la mañana siguiente, Nico solicitó el diario insistentemente para luego abrir las páginas en la sección de avisos. Había llegado media hora antes de lo usual y se lo notaba visiblemente ansioso. Recorrió con la vista cada línea una y otra vez antes de tomar su asiento. Nada. Se limitó a beber su café en silencio, contemplando a la chica de ojos tristes allí, en su mesa, tan ajena a su presencia como cada día. Luego se marchó rápidamente, dejando en la mesa las dos medialunas con las que solía acompañar su desayuno.

Nico había amanecido inusualmente desganado, y la tarea de vestirse y prepararse para un nuevo día había resultado terriblemente monótona y falta de sentido. Caminó arrastrando su cuerpo por las angostas calles abarrotadas de personas que iban y venían sin rumbo cierto hasta que llegó, de manera casi inconsciente, al café de la esquina. Se sorprendió al ver al mozo recibirlo con una sonrisa de oreja a oreja, en silencio, dejando el diario sobre su mesa. El café estaba preparado y en su platillo se encontraban tres medialunas. Nico se quitó el abrigo y, luego de sentarse, endulzó su café sin levantar la mirada. Tomó el diario y lo abrió, buscando la sección de avisos con una vaga esperanza a punto de desvanecerse. Sus ojos recorrieron cada línea, cada aviso y, de pronto, lo vio. Sí, era ella. No cabía duda.

Al chico solitario. Gracias por tu interés en mí.
Estoy bien. ¿Y tú? Atte. La chica de ojos tristes
de la mesa 36 del Café de la Esquina.

Dejó caer el diario, mostrando una sonrisa que dejaba ver todos sus dientes. Detrás del mostrador, entre los racimos de jazmín, el mozo sonreía al igual que él, alzando las cejas. Se apresuró a terminar con su desayuno y salió a la calle. Debía contestar el mensaje.

A la chica de ojos tristes de la mesa 36 del Café de la
Esquina. Me alegra mucho que estés bien. Aquí estoy,
cursando la última materia de mi carrera de veterinaria.
¿Te gustan los animales? Atte. El chico solitario.

Al día siguiente, la respuesta no se hizo esperar.

Al chico solitario. ¡Me encantan los animales!
Tengo dos perros y un canario en mi casa. ¿Tú
tienes mascotas? Atte. La chica de ojos tristes
de la mesa 36 del Café de la Esquina.

De esa manera, los días y las semanas fueron transcurriendo y, mensaje tras mensaje, se fueron conociendo cada vez más y más. Pronto descubrieron sus preferencias y sus gustos sobre música, diferentes comidas, lugares del mundo que quisieran conocer, películas favoritas y sueños por realizar, entre otras cosas, ninguno de los dos sabía verdaderamente el nombre del otro y tampoco habían decidido revelar sus identidades. La historia de 'la chica de ojos tristes de la mesa 36 del Café de la Esquina y el chico solitario' se hizo conocida en toda la ciudad. Todo el mundo se levantaba cada mañana para conocer un poco más sobre los dos extraños enamorados. Las ventas del periódico local se multiplicaron y los cafés se llenaron de nuevos clientes. En las mesas podían verse nuevas parejas formándose, inspirados por la increíble historia. Nadie sabía en realidad quiénes eran la chica de ojos tristes ni el chico solitario, pero la historia de amor se comentaba de boca en boca. Todos esperaban, con cada amanecer, que ambos se encontraran algún día.

La primavera había comenzado y los árboles se habían vestido de verde, ostentando, muchos de ellos, hermosas y coloridas flores que decoraban las calles de la ciudad. El mozo del Café de la Esquina, único y fiel testigo de la historia de amor, mantuvo su secreto bien guardado todo el tiempo. Cuando Nico ingresó esa mañana al café, lo recibió amablemente y, encogiéndose de hombros, le indicó que su mesa habitual ya había sido tomada. Era algo previsible, su historia había inspirado a muchas personas solitarias que buscaban su 'chica de ojos tristes' o su 'chico solitario' en cada café de la ciudad. Nico contempló el lugar y la vio una vez más, allí sentada en silencio, en la mesa 36, junto a la ventana. Caminó hacia ella y se detuvo justo a su lado.

—Perdón… ¿me puedo sentar aquí? —le preguntó— Es que todos los lugares están…

—¡Sí, por supuesto! —contestó ella con una sonrisa.

Nico se acomodó frente a ella, viéndolo todo como un hermoso sueño que finalmente se hacía realidad. Observó que leía su último mensaje en la sección de avisos del diario local.

—Qué loco esta historia… ¿no?

—Sí… —contestó ella asintiendo con la cabeza— La verdad que es increíble… Y hermosa.

Nico asintió, sin quitar la vista de sus ojos. Comenzaron a platicar sobre la maravillosa historia de la chica de ojos tristes y el chico solitario. Luego dialogaron de diferentes temas. Su sonrisa era hermosa y escuchar su voz de cerca le hacía tocar el cielo. Contemplaba cada uno de sus movimientos, su cabello, la manera en que se expresaba. Su nombre era Lorena y estudiaba medicina, aunque eso Nico ya lo sabía. Así se conocieron un poco más sin saber quiénes eran en realidad. Las horas transcurrieron muy rápidamente y, sin darse cuenta, entre risas y carcajadas, descubrieron que había llegado el atardecer. Se despidieron con un cálido beso y acordaron verse de nuevo. Al día siguiente, para sorpresa de todos, un nuevo mensaje se imprimió en el diario local.

Al chico solitario. Lamento que tenga que despedirme, pero he conocido a alguien y creo que es necesario que te diga adiós. Gracias por cada una de tus palabras. Realmente me has hecho muy bien. Atte. La chica que ya no tiene ojos tristes de la mesa 36 del Café de la Esquina.

Ese día, en cada rincón de la ciudad no se hablaba de otra cosa que el último mensaje de la chica de ojos tristes. Muchos no podían creerlo, otros se sentían felices por la noticia. Lo cierto era que la historia había llegado a su fin. La venta de periódicos había alcanzado un récord la mañana siguiente. Todos querían conocer la respuesta del chico solitario. ¿Qué sería de él ahora? ¿Cómo tomaría el mensaje de ella? En los noticieros locales se discutía sobre este tema y varios opinaban sobre cómo debería continuar. En la página 15 del diario local, donde por más de dos meses se vivió una maravillosa historia contada a través de pequeños mensajes, se podía leer el último de ellos.

A la chica que ya no tiene ojos tristes de la mesa 36
del Café de la Esquina. Me siento feliz que hayas
conocido a alguien. Sé que va a hacer todo lo
posible para ser digno de ti y hacerte feliz cada día.
Fue un placer conocerte. Que seas muy feliz.

Al leer esto, Nico cerró el diario y lo dejó sobre la mesa, junto a los dos pocillos de café vacíos. El mozo los despidió con una gran sonrisa en su rostro. Nicolás tomó la mano de Lorena, contemplando sus ojos alegres para luego salir juntos del Café de la Esquina.

"El infortunio, el aislamiento, el abandono y la pobreza son campos de batalla que tienen sus héroes."
VICTOR HUGO

EL HÉROE

Ezequiel Pineda

Mientras sus pies colgaban de la cornisa, Bruno recordaba con una sonrisa las últimas viñetas de su historieta preferida, "El Hombre Murciélago". Traía a su memoria los excepcionales dibujos de uno de sus artistas favoritos. Desde que era niño que su madre, con el esfuerzo que conllevaba hacer gastos de más, le compraba la revista cada semana, y de tanto en tanto se acercaban al Parque Centenario para buscar en los viejos puestos los números que se le pasaban por alto. Esos fueron los días felices de Bruno. Un atisbo de tristeza le borró la sonrisa, cuando sin quererlo recordó a su madre muriendo en sus brazos.

Bruno vivía en una casa humilde, con su padre y con su madre, al menos desde que tenía memoria. Les había quedado de la abuela, y allí eran realmente felices. Su madre trabajaba limpiando las casas de los más pudientes, y su padre era colectivero, eran muchas las horas que estaba fuera de casa, pero nunca le faltó un plato de comida en la mesa ni las cosas que le hacían falta. Por las tardes, luego de leer sus historietas favoritas, esperaba a su madre en la puerta de casa, mientras andaba en bicicleta o jugaba a la pelota en la vereda, sin alejarse mucho de su hogar. La última tarde que hizo eso fue cuando fue testigo de lo que cambiaría su vida para siempre: dos hombres armados enfrentaron a su madre para quitarle el dinero, Bruno pudo ver la secuencia desde la otra cuadra. Todo pasó demasiado rápido, unos tirones, golpes, un disparo y dos hombres huyendo con una cartera pasaron por su lado, dejando a su madre tirada en la vereda, desangrándose.

Desde aquel día Bruno había cambiado, su mundo había cambiado rotundamente sin su madre en casa. Su padre casi ni le hablaba, lo veía triste y enojado todo el tiempo. Y cada noche, enterrado entre copas de vino, le recordaba cuanto extrañaba a su madre, y que encontraría a los culpables. Pero siempre un aire de reproche se cruzaba en la mirada de su padre cada que vez que lo observaba, como culpándolo por no haber hecho nada.

Los días pasaron y su padre dio con los tipos que buscaba, sólo para encontrar un camino más corto para estar cerca de su amada. Le arrebataron la vida junto con su ímpetu de venganza, y así Bruno quedó sólo en casa.

Un viejo tío solterón fue su compañero durante los años que siguieron, pero la tristeza y la soledad quizás se hicieron sus amigas de tanto que lo visitaban. Estaba huérfano como el protagonista de la historieta, pero no era millonario y mucho menos ágil y temerario, sin embargo se imaginó a sí mismo saltando por los techos, protegiendo al indefenso, como lo fueron sus padres en algún momento.

Y allí en la cornisa, después de tanto pensar, entre su llanto y su pesar se calzó una máscara negra, mirando vigilante el callejón oscuro divisó su oportunidad, una chica indefensa seguramente volvía a su casa, y dos hombres la seguían con paso rápido muy de cerca. Bruno miró hacia abajo, luego miró hacia arriba, en busca de las estrellas que para él representaban a su mamá y a su papá. Elevó una disculpa y volvió su atención abajo. Se iba a interponer entre la muchacha y los delincuentes, ese era su plan. Cayó los cinco pisos llorando, sabedor de que sería un héroe sólo por única vez, porque nada podía hacer para salvar su propia vida, excepto que sería un acto útil para alguien más. Porque pensó que la esencia del heroísmo en eso recaía, en dejar su vida por los demás.

La chica corrió hacia un lado, los delincuentes hacia el otro, todos espantados por lo que del cielo cayó. Y el plan de Bruno había funcionado, un héroe que no sería recordado, pero que una vida salvó.

"El vudú es una religión muy interesante para toda la familia, incluso para los miembros que están muertos."
TERRY PRATCHETT

GOVI

Sergio Helguera

La angosta y rechinante puerta de madera se cerró y su eco retumbó en cada rincón de aquella vieja casona habitada únicamente por las sombras. Afuera permaneció el aullante viento, presagiando el nacimiento de una nueva tormenta de otoño. La noche se asomaba tímidamente en el horizonte, despidiendo la tibia luz del sol que perdía su intensidad con cada atardecer. Gabriel se adentró pausadamente y extendió la mano hacia un lado, intentando encontrar la llave de luz. El aire se percibía húmedo y con un leve hedor a incienso, o quizás mirra, ¿azufre tal vez? aunque no estaba del todo seguro. La cálida luz de una bombilla eléctrica disipó la penumbra, iluminando el largo pasillo delante de sus ojos. Hacia un lado, la escalera de madera se elevaba hacia la planta alta, donde debía ir. Un apenas perceptible sonido proveniente de la cocina lo sobresaltó. Hasta el vuelo de un insecto podía escucharse en tan abrumador silencio. Pero hizo caso omiso a tal eventualidad, los crujidos y extraños sonidos eran moneda corriente en el interior de aquella deslucida casona.

La verdad era que esa construcción había permanecido ajena al paso del tiempo, contrastando con las nuevas edificaciones que ahora la rodeaban. Otrora, esa residencia se consideraba un excelente ejemplo de buen gusto y un orgullo para todos los vecinos. Pero ya no era así. El transcurrir de los años había dejado huella en sus pisos de madera, sus paredes, sus altos cielorrasos, hasta sus cimientos. Los finamente decorados empapelados colgaban ahora a jirones, exponiendo las deslucidas entrañas de aquella construcción centenaria. El cielorraso se encontraba hecho añicos en muchas de las habitaciones, y en otras, la humedad había hecho estragos. Gabriel bajó la mirada. Bajo sus pies, el piso de madera parecía recién encerado, ajeno completamente al paso del tiempo. No podía notar ninguna señal de desgaste o de deterioro en él, contrastando por completo con el panorama que lo rodeaba. Sintió un poco de nostalgia al ver reflejado su rostro en el viejo espejo del hall de entrada. Sí que el tiempo había transcurrido. Sus 48 años de edad podían verse reflejados en cada detalle de su rostro, en su mirada, en sus ojos. Notaba un dejo de semejanza con la mirada de su padre, a quien recordaba vagamente. Aunque la visión de su ojo derecho era casi nula, percibió una débil sombra a su espalda. Dio media vuelta de inmediato. Permaneció en silencio, inmóvil por un instante. No había nada allí. Simplemente un comprensible e inesperado resultado de la terrible soledad que habitaba en esa casa. Suspiró profundamente y se dirigió hacia las escaleras.

El sonido de un trueno lejano le advertía a gritos que debía obrar con celeridad. Lentamente subió por las escaleras, sosteniéndose con su único brazo derecho. Gabriel ya no recordaba en qué circunstancias de la infancia había perdido su brazo izquierdo, realmente no tenía recuerdos de ese momento. No tenía memoria de ningún evento traumático, o accidente o enfermedad. Simplemente se había acostumbrado a vivir de esa manera, rehusándose a utilizar prótesis que lo convertían, según él, en un 'torpe androide'. La inevitable pregunta sobre su condición de aquellos que lo conocían por primera vez era respondida, en toda las ocasiones, con un sencillo movimiento de cabeza y estrechamiento de hombros. De pequeño se había rendido a la extenuante tarea de explicar el hecho que no recordara lo sucedido. ¿Cómo era posible que no recordara semejante suceso en el que había perdido su brazo? ¡Su brazo! De hecho no recordaba casi nada de sus primeros diez años de edad, justo antes de la partida de su padre. Apenas tenía memoria de su rostro, de su voz, de aquella casa en sus mejores días. La respuesta de su madre siempre había sido la misma. Un accidente, un terrible y desafortunado accidente. Eso era todo. Sin detalles, sin explicaciones. Aquella era la única y recurrente respuesta que había obtenido durante toda su vida.

Haciendo crujir los destartalados escalones de madera, alcanzó la planta superior. Todo permanecía en penumbras. Las ventanas parcialmente cubiertas por maderas dejaban ver la luz artificial de la desolada calle. La noche ya había caído y la tormenta estaba próxima a llegar. Debía apresurarse. Aunque su visión estaba limitada a su ojo izquierdo, podía ver con claridad. Treinta y tres años habían transcurrido desde la última vez que había pisado ese sitio. Esa fatídica y terriblemente desoladora noche en que su madre dijo sus últimas palabras, justo allí, detrás de esa puerta cerrada, sobre aquella cama, en esa habitación a la que no se animaba a ingresar. Durante treinta y tres años no había tenido el valor suficiente para regresar. Pero el paso del tiempo había menguado el dolor, los vivos recuerdos, y se vio lo suficientemente fuerte para tomar posesión de lo que ahora era suyo. 'Tienes que mudarte a esa casa antes que otros tomen posesión de ella', solían decirle, ignorantes del dolor que llevaba consigo. 'Eres su único hijo, nadie más que tú tiene ese derecho'. Pero la realidad era que no podía hacerlo, simplemente no podía. Entonces, una semana atrás, al enterarse que su esposa se encontraba a la espera de su primer hijo, su vida dio un vuelco inesperado. El diminuto corazón de aquel ser que tanto había ansiado llevaba ahora dos meses latiendo con fuerza. Debía acomodarse a la situación, necesitaba dar lo mejor de sí. Sus ingresos eran insuficientes para cubrir los gastos que pronto tendrían, tenía que dejar de lado los temores y enfrentarse a su pasado. Luego de varias discusiones y largas noches de insomnio, había tomado la decisión. Y allí se encontraba hoy, en su segundo día en el interior de aquella vieja casa colmada de recuerdos de una infancia que ahora la sentía completamente ajena.

Girando la perilla de bronce, que brillaba con una llamativa pulcritud, abrió la puerta de lo que otrora era su habitación. Un escalofrío recorrió su cuerpo al momento de ingresar. Todo, absolutamente todo, estaba en su sitio. El tiempo se había detenido por completo en ese lugar. Si no fuera por la fina capa de polvo que lo cubría todo, podría jurar que había viajado en el tiempo al atravesar esa puerta. Treinta y tres años después pisaba el sitio que lo había visto crecer, jugar, soñar. La habitación estaba amueblada y decorada como la de cualquier chico de quince años en ese entonces. Afiches, libros, juguetes, muñecos y un centenar de objetos que ya no recordaba qué eran. Entonces fue cuando reconoció la foto que permanecía sobre su escritorio. La tomó y, luego de sacudirle el polvo, la contempló detenidamente. Se trataba de su madre junto a él, durante su último cumpleaños, en el hermoso jardín de aquella casa. Prácticamente había olvidado el rostro de su madre, sus facciones, su mirada, su sonrisa. Su nombre era Francisca, una mujer robusta, de mirada firme y de sonrisa esquiva. Gabriel recordaba vagamente sus excéntricas actividades que no podía comprender del todo bien. Las recurrentes reuniones en su casa, donde él se veía obligado a permanecer encerrado en su habitación. Los extraños cantos durante las noches y el increíble desorden que su madre debía ordenar en las mañanas siguientes. En ocasiones, recordaba haberla visto con extrañas marcas en su cuerpo, dignas de una pelea con un gran felino. Otras veces parecía encontrarse abstraída por completo, con su mirada perdida y prácticamente sin reconocerlo. Su creciente curiosidad, digna de su edad, lo había llevado a esconderse en ciertas ocasiones pero, de manera inverosímil, lograban encontrarlo para luego encerrarlo en su habitación. Nunca había podido conocer a los 'amigos' de su madre, simplemente le estaba prohibido hacerlo. Francisca tenía una incorruptible obsesión por mantenerlo aislado de sus actividades sociales. Aún hasta su último día, cuando un grupo de desconocidos le habían permitido ingresar a su lecho de muerte para presenciar su últimas palabras. Desde ese momento, no había vuelto a ver a aquellos desconocidos. Ciertamente su madre era una persona llena de secretos, y se rehusaba por completo a hablar de la desaparición de su padre, justo después del accidente en el que había perdido su brazo izquierdo. Dejó el retrato sobre la mesa y comenzó con la tarea de hacer el inventario. Afuera, una débil llovizna se dejaba sentir sobre la ventana. Miró la hora. Se estaba haciendo tarde.

Sentado sobre el polvoriento suelo de la habitación en penumbras, Gabriel giro la cabeza para verse rodeado de cajas de cartón colmadas de cosas que habían marcado su infancia. En la penumbra que reinaba el lugar descubrió un antiguo cuaderno donde solía anotar los nombres de todos los juguetes que soñaba con tener. A un lado, un viejo tren metálico a cuerda descansaba sobre un deslucido juego de mesa cuyo nombre era ya ilegible. Se sentía nuevamente un niño en medio de esos fragmentos de vida, de su vida. Entonces su ojo se centró en una caja en particular, una desarmada caja de cartón descolorido que guardaba en su interior varios muñecos con los que solía jugar. Rápidamente comenzó a extraer uno por uno, contemplando con una leve sonrisa sus polvorientos cuerpos de tela y sus descoloridos cuerpos. Cada uno de ellos despertaba en él nuevos recuerdos, recuerdos que creía olvidados por completo y que ahora cobraban vida nuevamente. Sí, se sentía un niño. Por un instante, se sintió culpable por no haber regresado con anterioridad. Quizás hubiera tenido la oportunidad de mantener en mejores condiciones aquellos juguetes. De algo estaba seguro, no los pondría a la venta.

Fue en ese momento cuando lo vio. En el fondo de aquel armario, en un oscuro rincón, casi escondido a la vista, había un pequeño paquete. Gabriel extendió su cuerpo y su brazo para alcanzar el objeto hasta que sus dedos lograron asirlo. Bajo la tenue luz de la lamparilla lo contempló, haciéndolo girar en su mano. Se trataba de un envoltorio de papel madera firmemente atado con un hilo de arpillera. No recordaba haberlo visto con anterioridad. No pesaba casi nada y su tamaño era apenas más grande que su mano abierta. Invadido por una creciente curiosidad, comenzó a desatar los nudos librando el extraño envoltorio de aquellos hilos de arpillera. Un instante después, con la agilidad que había desarrollado con su única mano, desenvolvió el papel para dejar a la vista algo que lo dejó atónito.

Sobre su mano descansaba un pequeño muñeco de trapo. Tenía la apariencia de haber sido hecho a mano, de forma casera, con costuras irregulares. No distinguía si era hombre o mujer. La tela con que estaba hecho había perdido casi por completo el color y el dibujo de su rostro se encontraba desvanecido. Su cabeza presentaba dos pequeños botones a modo de ojos, cocidos a mano, uno de ellos, el derecho, caía a un lado colgando de dos hilos. Su apariencia era realmente inquietante, cualquier niño podría asustarse con aquel objeto. Pero lo que llamó realmente su atención fue el hecho que carecía de su brazo izquierdo. Parecía que el brazo del muñeco había sido arrancado de cuajo, su relleno se asomaba desde su interior. El corazón de Gabriel comenzó a latir con más fuerza, con mayor frecuencia. Había algo en ese muñeco que lo inquietaba, algo en él le provocaba una sensación difícil de explicar. Lo dio vuelta para observarlo cuando notó algo bajo su pie. Un nombre escrito a mano. Govi. Ese sería el nombre del extraño muñeco, seguramente. Por más que lo intentase, no recordaba haberlo visto con anterioridad. A diferencia de todo lo demás en esa habitación, no tenía ningún recuerdo de Govi. Presionó con sus dedos el pequeño cuerpo para verificar que no tuviera nada en su interior cuando, de pronto, comenzó a sentirse aturdido. Lo dejó caer a su lado. Una fuerte opresión en el pecho le

120

impedía respirar con normalidad. Trató de mantener la calma y respirar pausadamente. El aire húmedo de la habitación y las diferentes emociones le estaban jugando una mala jugada. Luego de unos minutos en silencio decidió continuar. La opresión había cesado y ahora podía respirar sin dificultad. Al contemplar el muñeco allí, inmóvil, con su extraña apariencia, una loca idea se cruzó por su cabeza. Sonrió y lo tomó nuevamente para introducirlo en la bolsa negra.

Con la pesada carga sobre su hombro, bajó la escalera una vez más y abrió la puerta de entrada. La llovizna se había convertido en una copiosa y fría lluvia que azotaba la ciudad. La calle estaba desierta. Dejó caer la bolsa negra de polietileno sobre el cordón de la vereda, miró alrededor e ingresó rápidamente a la casa. A medida que subía por la escalera sintió un frío intenso invadir su cuerpo repentinamente. Regresó por su abrigo y, una vez puesta, volvió a su antigua habitación. Temblando de frío, volvió escudriñar sus cosas, el abrigo no había menguado el intenso frío que sentía en su cuerpo. Una vez más le costaba respirar, como si el oxígeno en la habitación se estuviera consumiendo rápidamente. A través de la ventana se coló el sonido del camión compactador de basura que se acercaba por la calle. Debía apresurarse, no tenía intenciones de regresar una vez más a aquella casona colmada de recuerdos. Rápidamente continuó seleccionando objetos para su descarte, cuando sintió el sudor frío y repentino caer por su rostro. Una gota, luego dos, después tres. ¿Cómo podía ser posible? Aun cuando continuaba sintiendo un intenso frío en el cuerpo, estaba sudando profusamente. Una gota se deslizó sobre su boca y entonces descubrió que aquello no se sentía salado. No era sudor. Se trataba de agua. Alzó la cabeza. El cielorraso se encontraba completamente seco. Se puso de pie de inmediato, algo andaba mal en él, cada minuto que transcurría le costaba respirar aún más. El extraño sudor, el frío… ¿Qué le sucedía? Tenía que abandonar la casa antes que…

Algo sintió bajo su pie. Bajó la mirada.

Un papel.

Al levantarlo descubrió que era una vieja fotografía Polaroid. La humedad había hecho estragos en ella, pero todavía podía distinguirse la imagen. Gabriel la reconoció de inmediato. Era él, con seis años de edad, en la cama de un hospital. A su lado, sentada al borde de la camilla, se encontraba su madre, visiblemente angustiada. Una blanca venda cubría su hombro izquierdo, justo donde debía comenzar su brazo. Ese había sido el día del accidente, estaba seguro. ¿Pero quién había sacado la fotografía? ¿Acaso su padre? No podía recordarlo. Su mente parecía haber borrado por completo muchos de los recuerdos de su infancia. Un par de gotas de su frío sudor cayeron sobre la imagen. Dio vuelta la placa Polaroid sobre su mano. En el dorso había escrito algo. Aunque la tinta apenas era perceptible, logró leer lo que estaba escrito allí.

Prométeme que esconderás a Govi donde nadie nunca lo pueda encontrar. Tú eres su met tet, jamás lo olvides. Los amo.

Gabriel quedó perplejo. ¿Era la letra de su padre? No lo sabía. ¿Qué significaba aquello? ¿Por qué motivo nadie debía encontrar ese extraño muñeco? Un sinfín de preguntas apareció repentinamente por su cabeza. Se sentía mareado, confundido. El sudor, el frío, su respiración… El sudor frío… La lluvia… Govi… Su brazo… Govi… El descocido botón en su rostro… Govi… Su met tet… Todo daba vueltas en su cabeza como un torbellino.

Entonces, con terrible horror, lo comprendió todo.

Su corazón se aceleró, haciéndole más difícil respirar. Bajó las escaleras torpemente cuando escuchó el camión detenerse frente a la puerta de la vieja casa. Su cuerpo temblaba incontrolablemente y sentía que todo el mundo a su alrededor daba vueltas. Sin poder sostenerse, se derrumbó a un paso de la puerta de entrada. Desde el exterior llegó el sonido de los hombres cargando la bolsa negra y arrojarla en el interior del camión. Un intenso dolor lo invadió y un grito ahogado se escapó de su boca. Ya casi no podía respirar. Alzó su brazo y alcanzó el picaporte de la puerta para luego abrirla. Se deslizó hacia el exterior, bajo el intenso aguacero que azotaba la calle. Los hombres se alejaban cada vez más, al igual que el camión. Govi estaba en él. Quiso gritar, pero ya no tenía suficiente aire en sus pulmones para hacerlo. Se arrastró lentamente por la calle. No había nadie más a su alrededor. A sus oídos llegó el aterrador sonido de la compactadora comenzar su recurrente tarea. Se desplomó sobre el asfalto mojado. Ya nada podía hacer. Allí, sólo, tumbado en medio de la calle, bajo la intensa lluvia, contempló una vez más la vieja casona, única testigo de su terrible final. Experimentó un terrible dolor cuando su cuerpo se comprimió sobre sí mismo. Alcanzó a ver su propia sangre mezclarse con el agua de la lluvia, justo antes cerrar sus ojos.

"El destino puede seguir dos caminos para causar nuestra ruina: rehusarnos el cumplimiento de nuestros deseos o cumplirlos plenamente."
HENRY F. AMIEL

EL NIÑO GRIS

Ezequiel Pineda

Khalid vagaba perdido por uno de los tantos implacables desiertos de Kemet, bajo un sol abrazador que parecía devorarle las esperanzas de hallar un poco de agua para humedecer su lengua reseca. El camino le era desconocido, pues no había ninguno delimitado en las inmensas dunas de arena. Se sentía abatido, sin saber dónde dirigir sus pasos, el viento movía la arena y borraba sus huellas como queriendo ocultarle, incluso, su camino de regreso. Pero aun el comienzo de aquel viaje le era desconocido. Había despertado rodeado de arena, con sangre en su rostro y sin ningún camello de los cuatro que llevaba cargados de mercancía para la ciudadela. Su amigo Lateef yacía muerto a su lado, con los ojos perdidos en el radiante Ra, como reprochándole el no haber hecho nada para evitar su infortunio. Él no había corrido la misma suerte de su amigo, pero el dolor en su cráneo, resultado del golpe que los bandoleros le habían propinado, nunca había cesado. Sus vestimentas y su calzado le habían sido robados junto con el resto de sus pertenencias, su mapa incluido. No le quedaba más remedio que caminar sin rumbo hasta encontrar ayuda, rogando al cielo no perecer engullido por las arenas del desierto.

La noche estaba cercana, y los primeros vientos fríos erizaban la piel de Khalid. La desesperanza lo abordó cuando sus pies cansados lo hicieron caer. Postrado, imploró a los dioses por piedad, no deseaba perder su vida cuando había vivido solo treinta inviernos. Deseaba llegar a la calidez de su hogar, con su hermosa Safiya, ella era todo cuanto él amaba, no había podido darle hijos, pero contradiciendo a sus propios padres y a las costumbres de su pueblo, Khalid decidió seguir su vida junto a ella. En aquel momento, a la vera del destino, la imagen de Safiya se dibujaba en la arena, flotando ante sus ojos. Extendió su mano en su afán de abrazarla, pero al tocarla la figura se deshizo y sólo se aferró a la nada.

Sin fuerzas, se resignó llorando a morir allí. A su diestra y siniestra, detrás y delante, todo era arena, el sol había teñido las dunas de escarlata ocultándose en el horizonte y el viento arreciaba con más fuerza. Khalid lloraba amargamente, desahuciado y maltrecho. Pero aún proseguía con sus plegarias cuando, de pronto, con la vista nublada por las lágrimas, la vio. Una minúscula luz azulada titilaba sobre una duna lejana, intermitente pero constante. Frotó sus ojos para asegurarse que no se tratara de una alucinación, o peor aún, un espejismo, pero la luz proseguía en su lugar. Sin reparar en especulaciones sobre su procedencia se puso en pie y caminó hacia ella. Era lo primero que veía fuera del arenoso panorama que lo acechaba. A medida que se acercaba, la luz era más intensa, pero no incrementaba su tamaño. Khalid trastabillaba en su afán de llegar hacia aquel punto azulado que contrastaba con el rojo sanguinolento del desierto, incluso rodó repetidas veces duna abajo, llenando de arena su boca. Cuando estuvo cerca divisó una figura oscura, de aspecto humano, sentada sobre la inmensa duna. Lo extraño para Khalid era que la luz emergía de la cabeza de la silueta que aparentaba el tamaño de un niño. Con cierto temor decidió acercarse un poco más, hasta estar a sólo unos metros. Efectivamente, se trataba de un infante, pero difería de los demás en su color de piel, de un gris ceniciento, sus ojos completamente teñidos de negro parecían observarlo, y Khalid descubrió que la luz de su frente no era más que la luz del sol absorbida y reflejada por una piedra preciosa, de color azul.

Saludó con su mano en dirección al niño gris, pero éste no se movía. Por unos instantes, mientras seguía avanzando hacia él, pensó que se trataba de alguna figura tallada en piedra, representando a algún dios desconocido por él, pero de pronto se movió, inclinando la cabeza.

—¿Khalid? —habló el niño.

Desconcertado, Khalid no hizo más que sorprenderse ante aquella pregunta. Era evidente que no se trataba de un niño normal, de esos que correteaban por entre las tiendas de su pueblo, no podía conocerlo sin antes haber notado su aspecto tan característico. Quedando sin palabras por la extrañeza de aquella situación, aun dudando de su cordura, no hizo más que asentir con su cabeza.

—¿Cuál es tu urgencia? —formuló el niño nuevamente.

Khalid se sentía invadido por la curiosidad, repleto de preguntas hacia aquella extraña persona, pero no pudo más que limitarse a responder, temiendo abordar otros rumbos en la conversación.

—Agua —respondió Khalid.

—Puedo mostrarte el camino, si quieres —declaró el niño.

—Quiero.

Puesto en pie, el niño de extraño aspecto caminó en dirección opuesta al sol poniente, sin mirar hacia atrás. Khalid lo siguió, la esperanza de encontrar agua le había dado nuevas fuerzas, y lo cegaba de la incierta realidad que estaba viviendo, siguiendo a un muchacho que podría ser fruto de su imagina-

127

ción.

Pronto llegaron a un manantial oculto entre cuatro dunas, el sol no llegaba allí, aun así, la brillante luz azul seguía en la frente del muchacho, iluminando las claras aguas bajo cinco palmeras. Khalid se sumergió entero en aquellas cristalinas aguas, corroboró que no se trataba de un espejismo, ni del fruto de su locura, era real, fría, refrescante, sanadora. Nadó y bebió al mismo tiempo, gritando de felicidad. Ensimismado en su disfrute, repentinamente reparó en la presencia del niño, el cual lo observaba con sus ojos de obsidiana, de pie fuera del agua.

—Gracias, niño —se animó a susurrar Khalid.

—Tú elegiste seguirme — respondió sin rastros de expresión alguna en su rostro.

Ambos permanecieron en el manantial toda la noche, al resguardo de las cuatro dunas que escondían aquel precioso lugar. Comieron de los dátiles y frutos de la vegetación que rodeaba la fuente. Pero sólo se hicieron compañía. Khalid se limitó a hablar con aquel muchacho gris únicamente para preguntarle su nombre, "*Ur*" le contestó. Se extrañó que un ser semejante utilizase un nombre común, pero lo aceptó y le agradeció con una reverencia.

Al día siguiente, luego de haber meditado toda la noche sobre su pequeño salvador, se dispuso a partir en busca de ayuda. Pensó que quizás se trataría de un habitante del manantial, o tal vez un enviado de lo alto, un obsequio de los dioses que escucharon sus plegarias. Lo observó detenidamente mientras dormía, era más fácil contemplarlo cuando sus tétricos ojos estaban cerrados, incluso la piedra de su frente había desaparecido al despuntar el alba. Khalid seguía sin saber a dónde dirigir sus pasos, por más que se había puesto en pie observó las cuatro dunas sin saber cuál escalar. Ur abrió sus ojos, lo miró y preguntó:

—¿Cuál es tu urgencia, Khalid? —nunca se lo había preguntado desde que conocía su nombre, ni por qué lo sabía. Pero algo en el tono de voz de ese niño lo llevaba querer responderle su pregunta.

—Mi pueblo —declaró sin titubear.

Caminaron por la arena del desierto durante horas, Khalid siguiendo al niño gris, que se dirigía con determinación hacia un rumbo incierto. De pronto advirtió que, después de haberle salvado la vida, se sentía seguro de seguirlo a donde sea que lo llevara.

Antes de tener el sol sobre sus cabezas, Khalid divisó unos camellos en el horizonte, luego alcanzó a divisar las tiendas moradas de su pueblo, el humo de sus fuegos, y el viento le obsequiaba el recuerdo de los ricos alimentos preparados por las mujeres.

El niño no emitió sonido alguno, ahora era él quien seguía a Khalid entre las tiendas, las cabras, los camellos y las personas asombradas al mirarlo pasar. Nadie nunca había visto un niño gris, el asombro y el miedo se dibujaban en las facciones de todos, pero Khalid los reunió para contarle su historia, y siendo él muy querido por los suyos, le permitieron quedarse con aquel extraño niño como recompensa por haber vuelto del infinito desierto con vida.

Su amada Safiya, si bien se alegró en gran manera de la vuelta de su hombre, se mostraba reacia a aceptar a aquel niño bajo el abrigo de su tienda, pero no tuvo más que obedecer los deseos de Khalid. En un principio habría querido tenerlo como su propio hijo, pero Ur no hablaba con nadie, se mantenía la mayor parte del tiempo con las piernas cruzadas, sentado en la arena, o mirando con sus lúgubres ojos como todos realizaban sus quehaceres. Por las noches, la luz azul de su frente iluminaba la tienda de Khalid, haciéndola destacar de las demás.

El tiempo transcurrió, y el pueblo a se había acostumbrado a la presencia de Ur, todos menos Safiya, quién se entristecía visiblemente cada día. Khalid, al verla, se sumergió en un profundo pesar, pues la amaba, deseaba su felicidad.

Un día, estando Khalid trasquilando ovejas, con la mirada perdida en la nada, no advirtió la presencia de Ur a su lado. Pero al verlo, éste le preguntó:

—Ahora, Khalid, ¿cuál es tu urgencia? —la pregunta se repetía, y la respuesta de Khalid, entendiendo el regalo que podría darle el niño gris, no tardó en llegar.

—Un hijo —respondió, sonriendo con la esperanza brillando en sus ojos, creyendo ciegamente en aquel obsequio de los dioses.

La piedra azulada en la frente de Ur brilló, y este declaró:

—Llega a tu mujer ésta misma noche tres veces— sin decir más, se marchó de su lado.

Anteriormente debía seguir al niño para encontrar su respuesta, pero en ese momento era cuestión de confiar en su palabra. Fue así que, sin confesarle su deseo a Safiya, la envolvió con su pasión durante toda la noche y se llegó a ella tres veces.

El tiempo transcurrió con normalidad en el campamento de Khlaid, y el niño gris tenía su propia tienda para vivir entre el pueblo. El invierno estaba cercano cuando Safiya concibió un niño, al cual llamaron Issey. La felicidad era grata para todos en general, Khalid se había convertido en un líder para todos, un *neb*, como ellos lo llamaban, y hasta pedían su consejo en momentos difíciles.

Acercándose a la tienda de Ur, Khalid ingresó con lágrimas en sus ojos y se postró ante el niño, agradecido por el milagro. Sabía que él era el principal autor de su vida desde el momento que lo rescató de la muerte en el desierto. Era tal el gozo de Khalid que pensó en gritar a los cuatro vientos sobre el poder de ese extraño niño, pero cuando se disponía a hacerlo se detuvo en sus cavilaciones y meditó unos instantes consigo mismo, para descubrir que no quería compartirlo, que Ur le pertenecía, que conservaría en secreto su poder.

El invierno había llegado, la siembra había resultado infructuosa y las provisiones escaseaban. Como *neb*, Khalid estaba apesadumbrado por no poder ayudar a su pueblo. Los meses transcurrieron, muchos se partieron, recogiendo sus tiendas, otros no podían hacerlo porque habían devorado a sus propios camellos, como consecuencia del hambre. Todos lloraban y se lamentaban, desgarrando sus vestiduras, implorando a los dioses por misericordia.

Ur se acercó a Khalid de noche, con la piedra azulada radiante en su frente, y le preguntó:

—¿Qué urgencia aqueja tu alma?

—Prosperidad —declaró Khalid sin titubear, cargando a su pequeño Issey en sus brazos.

Ur lo miró y salió de la tienda caminando, y Khalid lo siguió por el desierto durante toda la noche. Antes que el sol se asomara en lontananza se pudo ver el resplandor de un fuego, un pequeño campamento de pocas personas, viajantes o nómadas de las dunas. Ambos se acercaron lo suficiente para ver que había uno aferrado a una estaca con gruesas sogas, la sangre que había manado de su sien teñía de rojo la mitad de su rostro, sus vestimentas eran de lino fino con bordes de oro. Ropajes de la realeza, advirtió Khalid. No se trataba de viajantes sino de bandidos.

—Rescata al príncipe matando a sus captores —demandó el niño gris.

Cegado por la inminente sensación de prosperidad para él y para su pueblo, Khalid se dispuso a obedecer. No comprendía de qué manera salvar a aquel hombre podría cambiar su situación, pero lo hizo con presteza determinación. Degolló a los captores mientras dormían y, despertando al prisionero, lo liberó de sus ataduras.

La recompensa no se hizo esperar y el rey o *nesu* Nkosi, agradecido con Khalid por salvar a su hijo, cedió a su pueblo tierras fértiles y verdes, lejos del inhóspito desierto, y llenó sus despensas y corrales, hasta le dio siervos para que araran los campos. Después de esto, nombró a Khalid con el título de *nesu* del valle, colmándolo de honores y la tan ansiada prosperidad. Khalid se sentía tan a gusto con su familia y su pueblo habitando las nuevas tierras que había olvidado agradecer a Ur por su guía durante la adversidad, pero el niño gris se ocultaba en su tienda, lejos de las demás.

Y por más que el tiempo marcaba los rostros y los cuerpos de todos por igual, Ur seguía teniendo el aspecto de un niño, y se acercaba hacia los ahora lujosos aposentos de Khalid cada vez que lo invadía la urgencia en su corazón.

"Poder" le había dicho con ansiedad, y Ur le mostró el camino para ser *Hemef*, la majestad de varios pueblos. Así fue que reinó con poder en una extensa área a la vera del Nilo, tuvo varias esposas e hijos, olvidando cuanto amaba a su adorada Safiya, quien envejecía entre los lujos de la opulencia, pero revestida de soledad. Su hijo Issey también era un señor, un *neb* conocido por su altanería, crueldad y necedad. Pero Khalid no veía esas cosas y se enaltecía cada día más.

"Mujeres", "Ejércitos", "Conquistas", todo cuanto pedía Khalid con urgencia, el niño gris lo guiaba hacia la concreción de sus deseos, pero nunca más le agradeció por ellos. Los pueblos que sufrieron el castigo del imparable ejército de Khalid maldijeron su nombre, los esclavos ansiaban acabar con su vida, e incluso su propio pueblo reprobaba su incesante sed de poder, su implacable tiranía. Los que antes se llamaban amigos se convirtieron en enemigos a cauda de la insaciable ambición de Khalid.

Una noche, temeroso de lo que escuchaba acerca de su persona, creyendo que podrían atentar contra su vida incluso en su propia casa, Khalid acudió pronto a la tienda del niño gris. Inmutable por el paso del tiempo, Ur lo observó y volvió a preguntar.

—Khalid, viejo amigo, ¿qué urgencia te trae aquí?

El viejo *Hemef* se vio a sí mismo frente al niño gris, con sus cabellos emblanquecidos por el tiempo, su cuerpo marchitándose en un mundo qué él mismo había construido con sus deseos, pero Ur no envejecía. Sus ojos, como la penumbra, aguardaron la respuesta observándolo, Khalid se vio reflejado en ellos y supo lo que quería.

—Inmortalidad —dijo al fin.

Ur se limitó a cerrar sus ojos, la piedra en su frente brilló hasta que iluminó por completo el interior de la tienda. Se puso en pie, camino unos pasos hasta quedar frente a Khalid para luego estrecharle una daga entre sus manos.

—Toma. Clávala en tu corazón— dijo el niño gris con su característica falta de expresión.

Khalid, sobresaltado por la respuesta, retrocedió espantado. Ur, impertérrito, permaneció extendiendo la daga. Pero el viejo rey salió de la tienda, no sin antes dirigir una mirada de rencor hacia el niño gris.

La ceguera de poder era tal que esa misma noche mando a buscar a Ur para matarlo por traición. Todo el pueblo contempló la ejecución que no se hizo esperar. Todos conocían la historia del pequeño niño gris, quién había salvado de la muerte al *Hemef* en su juventud, y el pago de su salvación era la ejecución por parte de quien había salvado. Esta decisión había acrecentado aún más el aborrecimiento del pueblo hacia Khalid, pero éste se regodeaba de su poder cada día más. Y aunque aparentaba no estar arrepentido de su determinación, las lágrimas bañaban su rostro por las noches al no vislumbrar el resplandor azul de la tienda de Ur.

Safiya murió dos días después, Khalid volvía de un asedio, otra victoria que sumaba a su prontuario bélico y no estuvo para darle el beso de despedida antes de partir del mundo de los vivos. Llegó al siguiente día, para llorarla en su tumba, para recordar lo agraciado que había sido con su presencia y lo desagradecido que había sido con ella, quien le había regalado la satisfacción de ser padre. Pensar esto no hizo más que recordarle al niño gris, su tumba estaba alejada del resto pero podía reconocerla desde donde se encontraba, ya que resplandecía con un extraño brillo azul. Khalid se extrañó, pero decidió acercarse. Recordaba la primera vez que se había aproximado de igual manera hacia aquella luz, dubitativo, temeroso, pero sin escapatoria, en el voraz desierto.

Al llegar a los pies de la tumba de Ur, vio que el resplandor provenía de una daga clavada en la tierra, con la piedra brillante que el niño gris ostentaba en su frente. No pudo más que extrañarse de ver aquello, pero esta vez no retrocedió, y con ojos llenos de lágrimas tomó la daga con su diestra. Al instante oyó la voz del niño gris decir:

"La inmortalidad no existiría sin los que atestiguan nuestra existencia, si nadie nos conoce nada somos. Al morir, todo nuestro ser se divide en los recuerdos que otros individuos tienen de nosotros, de esta manera, perdurando en sus mentes y corazones alcanzamos la inmortalidad. Pero la muerte es el comienzo de ésta".

La voz dejó de hacer eco en la cabeza de Khalid, pero sus lágrimas no cesaban de correr por sus mejillas. Con tristeza, arrojó la daga al suelo, ésta se fundió en la tierra, desvaneciéndose y el brillo azulado se perdió para siempre. No podía clavarse la daga, no podría alcanzar la inmortalidad si todos cuanto lo conocían lo odiaban, y aguardaban a escondidas su muerte para olvidarlo para siempre. Tampoco podría volver atrás y volver a encontrar a aquel mágico niño gris. Su tiempo había terminado a causa de su creciente urgencia y no había aprendido de la paciencia que Ur le enseñaba, quizás de esta manera podría haber sido más sabio en sus respuestas.

Alejándose de las tierras fértiles, de su pueblo y de sus dominios, caminó de vuelta hacia el desierto, sin mirar hacia atrás, sin calzado, sin vestimenta y dispuesto a afrontar la muerte que debería haber recibido tiempo atrás. Aunque su corazón anhelaba profundamente volver a encontrar a aquel niño gris,

para cuando le preguntara cuál era su urgencia, esta vez pudiera responderle: "*ninguna*".

*"Lo que podemos hacer cuando caiga la lluvia
es dejarla caer."*
HENRY LONGFELLOW

UNA GOTA
DE LLUVIA

Sergio Helguera

No recordaba en ese momento cómo había comenzado su existencia, tampoco tenía la sospecha de que nunca lo sabría, pero poco le importaba. Todo a su alrededor era luz. Sobre su cabeza reinaba un techo de estrellas de infinitos colores que titilaban en una danza de increíble belleza. Los cálidos rayos de sol se reflejaban en su interior convirtiéndola en una pequeña luciérnaga que rápidamente cobraba vida. Las tonalidades azules del cielo se mezclaban con la pureza de aquellas nubes que imitaban un oleaje sereno, calmo, un mar de algodones que se perdía en el distante horizonte. Haces de luz se desprendían de la superficie, provenientes de sus profundidades. Se observó a sí misma, maravillándose por su cálida y perfecta forma, sonrió al ver reflejado en su cuerpo las estrellas, y sentir que crecía rápidamente. Fue en ese instante cuando alzó su mirada para ver una estrella fugaz cruzar el cielo y perderse entre las estrellas. Fue ahí, en ese preciso momento, cuando todo comenzó.

Sin advertirlo, su cuerpo se hundió en aquellos blancos algodones y sus ojos observaron perplejos aquel cielo que se volvía cada vez más distante, más ajeno. Una fina cortina blanca la envolvió por completo y sintió en todo su cuerpo una extraña fuerza que la arrastraba hacia abajo. ¿Qué sucedía? ¿Hacia dónde estaría yendo? Giró en todas direcciones para orientarse, hasta recobrar el equilibrio. Con increíble velocidad cruzaba las incontables capas de pulcras cortinas blancas, casi imperceptibles, atravesándolas como si no existiesen en su camino. Una brisa fría recorría su cuerpo al tiempo que veía a su alrededor cómo miles como ella cobraban vida, una tras otra, inmóviles, creciendo, esperando. El resplandor de una luz enceguecedora pasó prácticamente rozando su cabeza, y pudo sentir el inmenso calor, justo antes que un sonido estruendoso hiciera vibrar todo su ser. La tan preciada calma que en un comienzo había reinado se esfumaba con el pasar de los segundos, y poco a poco empezaba a sentir la incertidumbre de su futuro cercano y el miedo de lo desconocido.

A medida que pasaba el tiempo iba ganando velocidad y a su alrededor el mundo transcurría tan rápidamente que apenas podía distinguir lo que sucedía. Los relámpagos surcaban el aire como saetas sin dirección. Cuando, de pronto, se sumergió en la nada. Alzó sus ojos transparentes y observó la cortina blanca alejarse con rapidez sobre su cabeza. Un inmenso telón de tonalidades grisáceas cubría toda la extensión del cielo con su superficie alborotada como un mar en medio de la tormenta. Por un instante se sintió aliviada por el hecho de haber dejado atrás aquel lugar, pero sus pensamientos fueron rápidamente eclipsados por lo que le deparaba debajo.

Acercándose con una velocidad increíble, alcanzó a ver la ciudad. Un laberinto infinito de cemento surcado por innumerables luces de colores. De pronto podía comprenderlo todo, y sus pensamientos cobraban vida. Todo ahora era muy claro, y comenzaba a comprender la razón de su existencia, de su ser. Una leve sonrisa se dibujó en su rostro, reflejando la inmensidad de la gran ciudad que se extendía debajo de ella. A medida que se acercaba irremediablemente, observó los detalles que ante sus ojos se dejaban ver. Miles de personas, cada una con sus propias historias, sus propios sueños y miedos, sus más profundos y privados pensamientos, deambulaban por las calles con rumbo incierto. Un deseo por conocer la vida de cada uno de ellos invadió su ser. ¿Qué pensarían? ¿Qué estarían buscando? ¿Sentirían amor? ¿Acaso odio? Reparó en una de ellas, que se detuvo por un instante, alzando su rostro al cielo y extendiendo la palma de su mano hacia él. ¿Acaso la había visto? Gritó con todas sus fuerzas, pero fue en vano. Aquella persona continuó su rápida marcha hasta perderse entre la multitud. Por un instante hubiera jurado que la había visto.

El vuelo rasante de un pájaro casi la hace perder el rumbo. Muy a lo lejos, en el distante horizonte, observaba los últimos rayos de sol ocultarse, uno de ellos la atravesó por completo, pero no sentía el más mínimo dolor. La sorpresa fue cuando pudo ver un abanico de colores desprenderse de su ser. ¿Acaso es eso de lo que estaba hecha? La hermosura de aquellos rayos de colores que se desprendían de su cuerpo era incomparable. Se sintió orgullosa de generar ese increíble espectáculo, pero a la vez con cierta tristeza por ser la única en verlo. Deseaba con todo su ser mostrárselo a todos, pero sabía que era imposible. Poco duró ese momento, y el último rayo de luz se perdió en el horizonte, dando paso a la oscuridad de la noche.

Desde donde se encontraba, y sin poder evitar su inevitable caída, podía ahora observar con más detalle las escenas que bajo sus pies se mostraban. Ahora eran muchos los que se detenían un instante para alzar sus ojos, pero había advertido que no era por su pronta llegada, sino por lo que la seguía. Alzó su ojos para ver la inmensidad del cielo gris. Un fugaz relámpago dibujó la silueta de millones de seres que, al igual que ella, comenzaban el descenso. Fue en ese instante cuando comprendió que era la primera, y agradeció por tener ese privilegio entre tantas como ella.

A medida que se acercaba su fin y sin poder evitarlo, comenzaba a pensar e imaginar miles de situaciones. ¿Dónde iría a caer? ¿Acaso su destino sería digno? ¿Saciaría la sed de alguien? ¿Daría vida a una semilla o provocaría que una planta florezca? Cientos de pensamientos cruzaban su mente a medida que se acercaba a su incierto final. Cerró los ojos para sentir la brisa en su rostro. Ya casi no recordaba aquel valle de algodones bajo el cielo estrellado, donde había nacido. Sonrió al recordar el arcoíris que nació de su ser para perderse en el viento. Se sintió digna y única al verse primera ante tantos otros y agradeció a Dios aquel maravilloso momento.

Los sonidos de la urbe comenzaron a oírse, uno tras otro. Podía sentir el bullicio de las personas en el tránsito de aquel atardecer en la ciudad. Las bocinas de los vehículos sonaban incesantemente. Ya nadie alzaba la vista para verla llegar, todos estaban sumergidos en sus pensamientos, ocupados en abrirse paso rápidamente, sin prestar atención a su alrededor. Observó los rostros cansados, preocupados, tristes, pero también los había alegres y llenos de vida. Al verlos, comprendió la naturaleza de su existencia y todo comenzaba a cobrar sentido. Una repentina e inesperada ansiedad por llegar se apoderó de su cuerpo. La curiosidad por conocer su destino opacaba cualquier pensamiento.

A medida que se acercaba a su fin, pudo ver los ventanales de un gran edificio cruzar rápidamente a su lado. En su interior, podía observar muchas otras personas sumergidas en sus tareas diarias, ajenas por completo a lo que ocurría en el exterior. El sonido de un trueno la hizo vibrar, para ella era una advertencia de lo alto que estaba por llegar. Su corazón comenzaba a latir cada vez más rápidamente. Una extraña mezcla de ansiedad y gozo la invadía mientras veía el suelo acercarse cada vez más.

En ese momento comprendió cuán corta había sido su vida, pero también cuántos recuerdos, sentimientos y vivencias hermosas había vivido. Alzó la mirada una última vez, para luego cerrar sus ojos y sonreír.

Una fuerte sacudida la despertó. Se sorprendió al sentir que ya no estaba cayendo. En ese momento se deslizaba por una suave y tibia superficie. No pasó mucho tiempo hasta que descubrió que se trataba del rostro de una hermosa joven que se encontraba sentada en el banco de una plaza. A medida que se deslizaba por su rostro, notó que estaba llorando. Sin poder evitarlo, se deslizó lentamente desde su frente por sobre su nariz hasta llegar a la punta de ésta. Sorprendida, la gota de lluvia observó los ojos de la joven quien, al verla, dibujó una sonrisa en su rostro. La gota alzó sus ojos en el momento que todas las demás comenzaban a caer sobre el rostro de la joven, quien ahora mostraba una hermosa sonrisa. Se dejó deslizar hasta caer en su sonrisa y en ese momento se sintió feliz de haber sido la primer gota de lluvia.

"Ten cuidado con tus sueños: son la sirena de las almas. Ella canta. Nos llama. La seguimos y jamás retornamos."
GUSTAVE FLAUBERT

UN SUEÑO RECURRENTE

Ezequiel Pineda

El día llegaba a su fin. Una vez más, era hora de cerrar los ojos y adentrarse en los sueños que tanto esperaba mientras el sol regía los cielos. Con una sonrisa reposó su cuerpo sobre la almohada y se dejó llevar por el cansancio hacia los mundos fantásticos de lo onírico.

Un murmullo de agua despertó sus sentidos y al abrir los ojos se encontró en un cálido estanque de agua salada, sumergido en ella veía peces de innumerables formas y colores y plantas multicolores que danzaban al compás de las suaves ondas del mar. Otra vez soñaba con el océano, y con las maravillas de sus profundidades, un sueño recurrente que esperaba ansioso, como cada vez, antes de dormir.

Con placidez contemplaba las burbujas saliendo de su boca hacia la superficie, y en una de ellas pudo observar su propia figura reflejada; un brillante pez escarlata con aletas amarillas y grandes ojos azules. Giró hacia atrás para verse a sí mismo aletear, impulsándose hacia adelante. Un inmenso coral habitado por cientos de especies se presentaba ante su asombrada mirada. Adoraba cada detalle, cada movimiento rítmico del mar que impulsaba a sus habitantes hacia un lado y hacia el otro. Rayos de sol se colaban hasta la arena blanca del fondo, algunos iluminaban bancos de algas, reflejando un mundo de jade y zafiro en el cristalino mar. Unos cangrejos aferrados a unas rocas lo saludaban con sus tenazas. A su paso las estrellas de mar se movían inquietas bajo la arena del fondo, levantando una nube de polvo que volvía a asentarse rápidamente. Nadó entre un cardumen de pequeños peces plateados que lo rodearon con una coreografía perfectamente sincronizada, y con rápidos movimientos se alejaron tan fugazmente como se habían acercado.

Un pequeño cardumen de peces anaranjados comía las migajas de vegetación que otro grupo de peces más grandes dejaban escapar de sus bocas. Se animó a probar él también de aquel bocado, y fue un manjar a su paladar.

Así recorrió el mar de sus sueños mientras el sol perduró en la claridad de la superficie. Se sentía vivo, capaz de percibir la inmensidad del océano en su propio cuerpo, era uno con el mar y sus habitantes, parecía conocer todo, y también todos los secretos que las profundidades escondían.

Una sombra alargada de pronto cubrió los últimos haces de luz del día, curioso se aproximó a ella, esperando quizás encontrar un amigo más del inmenso mar. Siguió a sus burbujas en busca de aquella sombra. De pronto, dejó de ser dueño de sus movimientos, sus aletas no lo llevaban hacia donde quería ir, permanecía en el lugar, o se golpeaba con una pared invisible que no le permitía el paso. Intentó cruzarla una y otra vez, pero nada sucedía. La felicidad que lo embargaba había sido desplazada por la desesperación, un temor hacia lo desconocido, un temor que lo asfixiaba de pavor. Como envuelto en una burbuja, emergió a la superficie, elevándose por el aire más allá del resguardo del mar. El agua salada seguía con él dentro de la burbuja, una esfera que no se detenía en su ascenso.

Entonces lo vio. Un hombre sostenía la burbuja en sus manos enguantadas de negro, y miraba con grandes ojos hacia él, sonriéndole. La burbuja no era más que una bolsa, la sombra su embarcación y el sueño recurrente se tornaba en pesadilla, lo habían pescado, alejándolo del resguardo acogedor del mar.

Muy en su interior sabía que solo debía aguardar a despertar, su sueño terminaría como siempre, nadando hacia las escarlatas luces del ocaso. Pero no despertaba, el ocaso lo aguardaba en el horizonte, pero él no nadaba en su dirección, sino que la embarcación de aquel hombre era la que se dirigía hacia las luces escarlatas.

El tiempo pasó, la noche entera también, y varios días, pero no despertaba. Aleteaba dentro de un estanque de agua salada, rodeado de peces multicolores, pero con miradas tristes. Las ondas de las olas no lo movían hacia un lado ni hacia el otro. Las burbujas se perdían en una superficie muy pequeña y los corales eran duros como piedras. No había vuelto a ver a su captor, pero sí a varios hombres y mujeres que lo observaban detrás de otra pared invisible. No entendió qué sucedía, por qué no podía despertar, extrañaba las maravillas del océano y el sinnúmero de sensaciones que lo invadían al nadar en sus profundidades.

Quizás nunca despertaría, porque tal vez él no era un hombre que soñaba ser un pez, sino un pez que soñaba ser un hombre soñando.

HAY UN DINOSAURIO

Sergio Helguera

La sala se sumergió por completo en la oscuridad y en la pantalla comenzaron a desfilar los innumerables nombres de aquellos que formaron parte de la mejor película que Matías había visto en su corta vida. El bullicio aumentó paulatinamente mientras las luces revivían una vez más dejando al descubierto una multitud de gente a su alrededor. Previendo una última y fascinante escena después de los títulos, Matías permaneció en su cómodo asiento, con la mirada fija en la pantalla, sorbiendo hasta la última gota de su gaseosa tamaño extra grande. Las personas abandonaban la sala de forma ordenada, acomodándose la ropa después de dos largas horas de deleite visual. Aquella película de dinosaurios había resultado mucho más fascinante de lo que Matías había siquiera imaginado. La espera había valido la pena y ahora se lamentaba que ese tan ansiado momento haya terminado. Sentado allí, en el medio de la sala ya casi vacía, con su balde de pochoclos a medio terminar, comenzó a sentir un creciente deseo de orinar. Pero sabía que debía esperar unos minutos más. Si existía una escena final, no podría perdérsela por nada del mundo. Dejó a un lado el vaso vacío y se quitó los lentes 3D, mientras su vista se acomodaba a la luz de la sala. Sentado en silencio a su lado, su madre se encontraba perdida en la pantalla de su celular, contestando los mensajes y llamadas que había recibido durante la proyección de la película. Matías se preguntaba cómo había resistido durante esas dos horas el hecho de no haber tomado ese maldito aparato. Miró los pochoclos restantes en su inmenso balde, el cual apenas podía rodear con sus brazos. Ingerir uno más le resultaba una tarea imposible. No, no debía tirarlos, estaban demasiado ricos como para desecharlos. Girando la cabeza a ambos lados, notó que ya no quedaba nadie en la sala. Un instante después su madre se puso de pie, alejándose hacia el pasillo lateral sin mirar atrás. Matías suspiró.

Con las escenas de la película aun reviviéndolas en su mente, Matías se puso de pie, contemplando la pantalla que se extendía varios metros adelante. La última línea de los créditos desapareció en la parte superior, y las cortinas regresaron a su posición original, poniéndole fin a aquel increíble momento. Sintió un alivio enorme, ya que no podría aguantar por mucho más tiempo sus deseos de ir al baño. Sólo esperaba que haya uno cerca, de lo contrario, no llegaría a su casa. Por lo menos no seco. Sosteniendo el balde entre sus pequeños brazos —como los del T-Rex— avanzó torpemente por el pasillo hasta llegar a la entrada de la sala. Su madre continuaba sumergida en sus conversaciones 'virtuales', ajena por completo a sus movimientos. La gente iba y venía sin rumbo en aquel gigantesco shopping, muy concurrido ese fin de semana largo en plena vacaciones de invierno. Impulsado por su intolerable deseo de desagotar todo el líquido ingerido, Matías avanzó con prisa entre la multitud, en búsqueda de una señal, la señal salvadora. Se escabulló entre la gente, rebotando entre caderas gordas, golpeándose con carteras pesadas, y pisando uno que otro pie hasta llegar al otro extremo del piso. Alzó la mirada. Sobre el

148

extremo de la escalera mecánica podía leerse un cartel que rezaba "BAÑOS – 2° PISO" y, sin dudarlo, corrió hasta allí.

El tardo andar de la escalera mecánica empeoraba aún más su situación, avanzar la era imposible debido a la cantidad de gente que tenía adelante. Esperó, apretando sus piernas, intentando pensar en otra cosa. Revivió en su mente una vez más las mejores escenas de la película que acababa de ver. Eso ayudaba bastante. ¡Por fin! De un salto se alejó de la escalera rumbo a los baños, cuando vio la terrible realidad. Una fila de más de quince personas esperaban ansiosas ingresar. Chicos, grandes, ancianos, todos por igual. No había ninguna chance de poder entrar, siquiera colarse. Era el fin. Se quedaría allí, en medio de la multitud, soportando la terrible humillación de ver humedecer sus pantalones, de pie en medio de un gran charco, a la vista de todos. Hasta podía ver la tapa de los diarios al día siguiente, con su nombre escrito en ella. Presionó un poco más sus piernas, moviendo los pies en su sitio, cuando lo vio. La salvación. Más allá, alejado de la multitud, había una puerta casi escondida en un rincón oscuro del piso superior. En su fachada podía leerse el cartel y el ícono distintivo. Se trataba del baño para discapacitados y, seguramente, estaría vacío. Una sonrisa creció en su boca mientras avanzó torpemente, abriéndose paso por entre la fila y alejándose de ella después.

Le sorprendió el hecho de no haber perdido un solo pochoclo de su balde en el accidentado recorrido hasta allí. Frente a él apareció la puerta del baño y, sin pensarlo, extendió su brazo para abrirla lentamente. Asomó su rostro, verificando que no hubiera nadie allí e ingresó de inmediato. La puerta se cerró tras él con un golpe seco y puso la pequeña traba metálica. Dejó el balde de plástico en un rincón y se apresuró a desabrocharse el pantalón cuando, de pronto, escuchó un sonido muy cerca, demasiado cerca. Quedó inmóvil. ¿Había alguien allí?

—Hola. ¿Hay alguien?

Silencio.

El baño tenía forma de 'L'. Matías se asomó por la esquina, observando las dos puertas de los sanitarios, divididas por una fina mampara. Silencio. Quizás el sonido había provenido de algún otro lugar. Continuó con su tarea cuando lo escuchó por segunda vez. Esta vez estaba seguro. El sonido venía de allí, de adentro del baño. Lo escuchó con claridad, se trataba de un gruñido grave, profundo. Agudizó su oído, entornando los ojos, en un intento por escuchar mejor. Lentamente, haciendo el menor ruido posible, se acercó una vez más a la esquina del baño. Ahora podía notar una respiración agitada, casi como un perro exaltado. Un perro grande. Fue entonces cuando, ante sus ojos, apareció el animal. Era el doble de alto que él, sus grandes ojos brillosos como una espantosa serpiente lo contemplaban con peligrosa curiosidad. El gruñido se hizo más fuerte, y un par de filas conformadas por filosos e increíblemente grandes dientes se hicieron ver en sus fauces. Su piel escamosa de colores apagados emanaba un hedor nauseabundo, y sus garras se contraían rápidamente, saboreando la carne fresca que tenía delante de él. Su carne. El enérgico resoplido de aquel terrible animal lo rescató de su fascinación, y retrocedió lentamente hacia la puerta, quitando el seguro.

Su corazón se había acelerado casi hasta el límite y le costaba respirar. Con su mano apoyada en el picaporte, permaneció en silencio. Sí. Era eso. Estaba seguro. Completamente seguro, no había dudas. Lo era.

Un dinosaurio.

Pero… ¿cómo podía ser cierto? ¿Estaba soñando? No… no podía ser verdad. Sonrió. Había sido una alucinación. Se acercó una vez más hacia el mingitorio. Desde donde estaba no podía ver al animal. Al dinosaurio. Una oleada de satisfacción recorrió su cuerpo cuando se deshizo, por fin, de la insoportable necesidad de orinar. Aunque creía que todo había sido una alucinación, intentaba no hacer mucho ruido, y constantemente contemplaba el recodo que conducía hacia los sanitarios para advertir cualquier movimiento. Abrochó su pantalón y se dirigió hacia la puerta cuando, de pronto, la curiosidad lo invadió. Dio media vuelta y regresó para asomarse nuevamente. Su corazón se detuvo cuando el dinosaurio apareció allí, frente a sus ojos, a no más de metro y medio de distancia. Esta vez se encontraba dispuesto a atacarlo. Sus garras extendidas y su boca abierta en un gesto de terrible agresividad. Su profundo gruñido invadía el interior del baño. Matías giró todo su cuerpo y se abalanzó hacia la puerta, sin siquiera mirar atrás. Abrió de inmediato el cerrojo y salió.

Estaba afuera. A salvo.

Una chica de corta edad había advertido su extraño movimiento y se acercaba hacia él. Vestía el uniforme clásico del servicio de mantenimiento del shopping. Matías juraba haberla visto antes. En sus manos traía una escobilla.

—¿Estás bien? —le preguntó— Se te ve muy pálido.

Matías intentó recobrar el aliento y, luego de un instante...

—Hay un dinosaurio —fue lo único que pudo decir.

La joven sonrió de oreja a oreja y lo despeinó con su mano.

—¿Un dinosaurio? —repitió— ¿Y era grande?

—Sí —contestó Matías, todavía exaltado.

—A ver... vamos a ver...

—¡No! —exclamó abriendo los ojos— No entres, es muy peligroso.

La chica lo miró extrañada, quizás por su inmensa imaginación, y luego volvió a sonreír. Ante la mirada atónita de Matías, la joven desapareció tras la espaciosa puerta del baño de discapacitados. Perturbado por lo que había visto, Matías se acercó a la puerta y apoyó su oreja en ella. No podía escuchar nada, ningún sonido. De pronto. Un golpe. Otro. Dos más, esta vez mucho más fuerte. Le pareció escuchar un grito ahogado, interrumpido por un espantoso sonido de huesos rompiéndose. Luego silencio. El pequeño corazón luchaba por escapársele del pecho. Miró a su alrededor, las personas deambulaban completamente ajenas a lo que ocurría. No podía ver a su madre por ningún lado. ¿Acaso la chica había muerto? ¿El dinosaurio la había atacado sin piedad? De ser así… sólo significaba una cosa. Era real.

Con mano temblorosa, asió el picaporte y abrió muy lentamente la puerta, asomando la mirada hacia el interior. La escena que se abría delante de sus ojos era horrorosa. Su balde medio lleno de pochoclos se encontraba desparramado por el suelo, sobre un charco de sangre que cubría toda la extensión del baño. Había sangre sobre las paredes, salpicándolo todo, aun goteando del lavamanos. La escobilla estaba partida en tres, dispersa en un rincón. Matías notó fragmentos desgarrados del delantal azul que llevaba puesto y pedazos que parecían ser… mejor no pensarlo. Quiso llorar, pero la adrenalina invadía su cuerpo. Se mantuvo inmóvil, con su boca abierta, al igual que sus ojos. Ahora su respiración se había vuelto un jadeo constante y, por un momento, en su mente desfilaron las escenas de la película que había visto minutos atrás. Entonces se hizo presente en la escena. Allí, sobre la sangre de su última víctima. Observándolo con su mirada fría y calculadora, casi como una espantosa ave de rapiña, agitando sus pequeños brazos. Sus garras cubiertas de sangre se movían lentamente y el sonido gutural se escapaba de su boca hedionda. Dio un paso hacia adelante, acercándose peligrosamente. Matías quedó fascinado ante la terrorífica majestuosidad de aquel animal. Sus fauces se abrían y cerraban casi rítmicamente mientras su fina lengua limpiaba de restos su mandíbula. Las garras retráctiles de sus patas repicaban sobre el porcelanato del piso cubierto de sangre. Fue cuando dio un nuevo paso hacia adelante cuando Matías reaccionó. Se echó hacia atrás y cerró la puerta, justo antes de sentir una mano apoyándose sobre su hombro.

—Por fin te encontré —dijo su madre— Vámonos, tengo que llegar a casa rápido.

—¡Hay un dinosaurio en el baño! —exclamó Matías con todas sus fuerzas, intentando que todo el mundo lo escuchase.

—Sí… sí… lo sé —respondió ella sin prestarle demasiada atención— Mañana venimos a buscarlo —dijo, y volvió a atender una llamada en su celular.

Alejándose del lugar, Matías giró la cabeza hacia el baño para discapacitados. Entre la multitud que deambulaba por el lugar, alcanzó a ver el picaporte de la puerta moverse para luego abrirse lentamente. Distinguió la figura oscura de la nariz de la bestia asomarse hacia el exterior, pero ya no pudo ver más, la escalera mecánica lo llevaba de regreso a su casa.

"Sin duda, no hay cacería como la caza de hombres y aquellos que han cazado hombres armados durante el suficiente tiempo y les ha gustado, en realidad nunca se interesarán por nada más."

ERNEST HEMINGWAY

EL CAZADOR

Ezequiel Pineda

Luego de un largo día el sol se ocultaba detrás de la frondosidad del Bosque Viejo, sus rayos desdibujaban la realidad entre la bruma de la noche que se cernía sobre los árboles, logrando coloridos matices con el reflejo de las doradas hojas otoñales de los álamos y las sombras que éstos proyectaban sobre el camino hacia el pueblo. Allí, montando un viejo alazán, el cazador permanecía atento a cada señal del bosque, en busca de su presa, si bien ya había pasado su día de cacería no podía dejar pasar la oportunidad de adentrarse nuevamente en los dominios de la naturaleza en busca de algo más que una simple presa. En el pequeño poblado donde éste vivía, hacia sólo unas pocas horas, un grupo de niños alborozados habían irrumpido a las corridas en la cantina del viejo Tom, ahogados en desesperados gritos de una ingenua mezcla de alegría y temor. Afirmaban haber visto un "Pegaso" de enormes alas plateadas oculto entre los árboles del bosque. Como era de esperarse, en vísperas del festejo del "día del venado" en el pueblo, todos estaban atentos a sus diferentes quehaceres, y prestaron oídos sordos a las fábulas infantiles de un grupo de críos malcriados. Nadie desvió la mirada siquiera para ver la expresión de asombro en las sucias caras de los tres pequeños, a excepción del cazador, quién había apartado un segundo la jarra de cerveza de su rostro para observar con intriga a los pregoneros de semejante fábula. La indiferencia de la bulliciosa muchedumbre era más que evidente, y sumado a las estruendosas risotadas de un grupo de borrachines de la mesa más alejada, los niños no tardaron en frustrar sus ánimos por completo.

La noche se hacía cada vez más evidente, entre la fresca brisa y los sonidos que traía la naturaleza a los oídos del cazador, grillos, sapos, hasta la corriente del arroyo que linda los límites del bosque parecía un estruendoso río en la quietud de la noche. Él estaba allí, a sabiendas que seguramente lo único que ganaría en su búsqueda serían unas horas en vela por culpa de esos niños, que estarían en sus casas cobijados por la frustración y la vergüenza de no haber sido escuchados. El viento provenía del norte, y aunque la noche se tornaba helada con el paso de los minutos, dentro de la frondosa arboleda la densidad se percibía con claridad en el aire sofocante.

Una gota de sudor frío corrió por su cuello, el carcaj y el arco, si bien eran livianos, le parecieron pesados a sus cansados hombros. La oscuridad iba lentamente ganando terreno, apropiándose de cada haz de luz con las garras de sus sombras, para formar una densa penumbra que todo lo escondía. El entrenado oído del cazador podía percibir las pisadas de pequeños animales, pero aún no había indicios de ningún animal de grandes proporciones, como lo sería en Pegaso.

Al anunciar su partida en la cantina, sus propios amigos creyeron ridícula la idea de salir a buscar una mentira infantil, sus respuestas fueron largas carcajadas y burlas impropias de hombres sobrios. Pero tales respuestas no influyeron en su decisión, que había sido tomada instantes después de haber visto los rostros pasmados de asombro de los infantes. Esto sumado a su testarudez de herencia familiar lo impulsó a salir una vez más de cacería, ahora no sólo a los fines de conseguir lo que ningún cazador había conseguido cazar jamás, sino también para cerrar las enormes bocazas de sus amigos.

Se apeó de su alazán y apoyó sus rodillas en la hierba a un costado del camino, agudizando sus sentidos, en busca de cualquier señal que lo guiara hasta su presa. Al cerrar sus ojos el viento le regaló un sonido proveniente del corazón del bosque, pero no lo percibió como pisadas, o relinchos, ni el batir de alas, sino como notas musicales de algún instrumento de cuerdas. Su caballo resopló turbado, y reculó de vuelta al camino. El cazador sabía que algo andaba mal, su viejo alazán pocas veces se asustaba de esa manera, podía contar sólo dos oportunidades, contra un oso negro y contra un tigre albino de la tundra, pero ambos encuentros fueron lejos del amigable Bosque Viejo, donde abundaban los venados y los conejos.

Con la mirada fija en la oscuridad, creyendo ver hacia donde él creía que provenía el sonido misterioso, caminó raudo y decidido entre la espinosa maleza que bordeaba el camino. El viento le sopló al oído una nueva melodía, que se acercaba con cada paso que él daba. Los tonos cambiaban pero el sonido siempre era suave y armonioso, y la luz de la luna de pronto dejó ver las copas de los árboles danzando con un colorido vaivén dorado, entrelazadas sus ramas por el viento helado.

Sus músculos se tensaban al ir aproximándose al origen de aquel sonido, la inquietud que percibiera en su caballo se apoderaba de él con cada paso. Una pálida luz blanquecina se asomaba justo delante suyo, entre los densos arbustos, y la melodía era aún más perceptible, no sólo a sus oídos, sino a sus sentimientos. Una extraña sensación de paz lo invadió de pronto por completo, y dejó de sentir miedo. Su instinto lo obligó a tomar su arco y tensarlo con una flecha antes de ver de qué se trataba. Quizás fuera sólo un bardo perdido que decidió pasar la noche bajo el abrigo del bosque, o alguna doncella enamorada componiendo canciones para un amor no correspondido.

Sintió como la flecha se resbalaba de sus dedos, parecía estar sudando por los nervios de la expectativa, pero se trataba en realidad de un mínimo y extraño rocío que lo mojaba lentamente, lo extraño no era sólo la hora en que el rocío decidió regar al bosque, sino que no caía del cielo, más bien emergía de la tierra elevándose hasta las copas de los árboles.

Tragando saliva, y tomando firmemente la flecha entre sus dedos, corrió las hojas del arbusto que ocultaban su visión para ver la procedencia de la luz y la melodía. El asombro no fue más que la ignorancia de saber lo que tenía ante sus ojos.

Las blancas alas danzaban al compás de la canción, con reflejos de plata y oro procedentes del arpa de donde emergía aquella hermosa melodía.

Un incierto acorralamiento atrapó al cazador, entre el esplendor que admiraba y el terror a lo desconocido. En sus largos años como cazador nuca había presenciado una criatura de similar aspecto, y si bien no se trataba de un Pegaso, recordó fugazmente los rostros perplejos de aquellos niños que juraban haberlo visto y también las burlas de sus amigos y colegas de la cantina al tomar su decisión de salir en su busca.

Su ignorancia pronto lo transportó a un posible futuro, donde se veía a sí mismo en la gloria de los héroes, se imaginó en las canciones de los bardos que contarían sus hazañas a lo largo de las generaciones, como el gran cazador de lo desconocido. Sabía lo que cualquier cazador haría en su situación.

Volvió su atención al ser que componía la melodía en su arpa, con gráciles y pálidos brazos, con los ojos cerrados y ese claro resplandor procedente de su propia piel. El cazador pensó que habría más de estos seres, siempre los había, como cazador lo sabía muy bien.

Decidido, sonrió levemente, respiró profundo, y soltó la flecha.

*"No hay un final. No existe un principio. Solamente existe
una infinita pasión por la vida."*
FEDERICO FELLINI

UNA LUZ
EN EL CIELO

Sergio Helguera

Aquella era una noche cálida, difícilmente se calificaría
como una noche de finales de otoño, más aun cuando el verano pasado había resultado particularmente frío. Un viernes
peculiarmente silencioso, y no por ser ya pasada la mediano-
che, sino por su quietud en las calles de aquella ciudad. Pare-
ciera que todos habían abandonado el inmenso laberinto de
cemento para aprovechar al máximo el fin de semana largo más
cerca del mar o del río, o de cualquier sitio donde haya agua
en cantidad. Y el silencio no solo invadía las calles, sino también el interior de aquel diminuto departamento en el séptimo
piso de un viejo pero fuerte edificio, frente a la avenida más
transitada del barrio. El living se encontraba en penumbras y
con una temperatura agradable, iluminado por el fulgor de la
pantalla del televisor de 32 pulgadas recientemente adquirido. La imagen del noticiero local informaba sobre una alerta

de importancia. Sobre la pequeña mesa yacía una incontable cantidad de cáscaras de maní desparramadas alrededor de una botella de cerveza a medio tomar. Un par de envoltorios vacíos de viejos chocolates permanecían allí, testigos mudos de un antojo repentino. Con un gesto de desgano, Roberto extendió el brazo y, descubriendo el control remoto entre las cáscaras de maní, apagó el televisor, sumergiendo el lugar en oscuridad. Un haz de luz recorrió rápidamente todo el sitio, proveniente de un veloz automóvil que hacía rugir el motor en su avance. Luego de permanecer un momento inmóvil, Roberto se reincorporó y se sacudió la camisa, bebiendo el último sorbo de cerveza de su vaso.

Se dirigió hacia la puerta del balcón y decidió salir al exterior para respirar un poco de aire fresco que la noche le ofrecía. Apoyándose sobre la baranda metálica, recorrió con la vista la avenida. Una pareja caminaba con prisa, ella haciendo repiquetear ruidosamente los tacos mientras él discutía a través de su celular. Una anciana paseaba su diminuto perro o, mejor dicho, el perro paseaba a la anciana. Un hombre alto vestido de traje avanzaba a paso firme portando un misterioso maletín negro, para luego sumergirse en un taxi y desaparecer. Roberto respiró profundamente. En el aire podía percibirse un agradable aroma a… no lo podía identificar con claridad, pero se sentía rico. Una brisa cálida, apenas perceptible, acariciaba las hojas de las pocas plantas que mantenía con vida en su balcón. Cerró sus ojos cansados por el largo día de trabajo frente a la computadora y alzó la cabeza, intentando disfrutar al máximo la brisa nocturna. Luego de un instante volvió a abrirlos y, fue en ese preciso momento, cuando la vio.

El cielo se encontraba totalmente despejado, una infinidad de estrellas titilaban brillantes sobre un fondo negro, quietas, silenciosas, pero a la vez tan vivas. La luna asomaba tímidamente detrás de un edificio contiguo, mostrando con recelo las cicatrices de tiempos de antaño. Y, entre ellas estrellas, frente a sus ojos, una luz. Aquella luz no era demasiado grande, pero lo suficientemente brillante para llamar su atención. No recordaba haber visto con anterioridad una estrella tan brillante. No... no era una estrella, estaba seguro. No lo era. Quizás se trataba de un avión que se dirigía de frente hacia su posición. A menos de diez quilómetros se encontraba el Aeropuerto de la Ciudad, era común observar el ir y venir de las aeronaves en el cielo. La contempló un instante largo, pero aquel avión no cambiaba de rumbo, se acercaba con prisa, así lo demostraba la brillante luz que aumentaba su tamaño lentamente. Una rara pero no imposible situación se le cruzó una vez más por su cabeza; ¿qué ocurriría si uno de esos aviones, a causa de cualquier desperfecto, se estrellara contra su edificio? Precisamente, en el piso donde se encontraba. ¿Tendría tiempo de reaccionar? ¿Apartarse, correr hacia la puerta y bajar las escaleras lo suficientemente rápido como para salvar su vida? Probablemente no. No. No tendría oportunidad. El sonido del freno de un coche alcanzado por la luz roja de la avenida lo distrajo por un instante. El pequeño perro volvía nuevamente, arrastrando tras de sí a la anciana. Pero por su cabeza cruzaban distintos pensamientos sobre el extraño origen de aquella luz. Volvió a dirigirle la mirada, para percibirla más grande, más brillante.

No era un avión. No era una estrella. Entonces... ¿qué era? Quedó perplejo. ¿Acaso un satélite que caía sin control desde lo más alto de la estratósfera? No... no podría brillar de esa manera; de hecho, ya se habría desintegrado. ¿Nadie más podía notar lo que estaba viendo en el cielo? Era lo suficientemente grande y brillante para destacarse en el cielo despejado de aquella noche calma. Los balcones frente a él permanecían cerrados, a oscuras, parecía que nadie estaba tan desocupado y solitario como para estar contemplando el cielo a esa hora. Después de descartar todas las posibilidades, su corazón comenzó a latir un poco más de prisa. Una loca idea cruzó nuevamente por su mente mientras sus ojos no desistían de observar el cielo. ¿Sería posible? Se acomodó en la baranda del balcón y pasó su mano sobre la barbilla. Quizás, solo quizás, aquella extraña luz se trataba de... un meteorito. Una sonrisa burlona apareció en sus labios. Seguramente lo tildarían de loco si pudieran escuchar sus pensamientos. ¿Un meteorito? ¿Qué clase de idea ridícula era esa? Si fuera así, lo hubiesen anunciado varios días antes para alertarnos e informarnos sobre cómo escondernos o sobrevivir al impacto. Un meteorito…

Ingresó nuevamente al departamento dejando atrás la idea y llenó el vaso con lo que quedaba de cerveza. ¿Dirían algo en la tele de esa extraña luz? ¿En Facebook? No… basta de pantallas por ese día. Disfrutar de la brisa y el silencio era una idea mucho mejor. Con el vaso en la mano, regresó al balcón y se apoyó contra la pared, contemplando el movimiento de la avenida. Pero su curiosidad lo invadió y sus ojos apuntaron hacia el cielo, directo a la luz que había duplicado su tamaño, casi sobre su cabeza. ¿Qué clase de extrema mala suerte sería que un meteorito cayera sobre su cabeza esa noche? Las probabilidades eran mínimas. Pero no imposible. Contempló el vaso a medio llenar y lo dejó a un lado. Si esos fueran sus últimos momentos de vida, ¿estaría conforme con lo vivido? Ciertamente aquel era un final que jamás hubiera imaginado, siquiera en la más loca de sus pesadillas. La vida… le había dado mil razones para llorar, pero siempre había encontrado mil y una para sonreír. Sabía que vivir no sólo se limitaba a existir, sino también a llorar, a gozar, a crear, amar y soñar. Para Roberto, descansar era comenzar a morir. Ciertamente la vida era un lugar peligroso, mucho más que la loca posibilidad de aquella luz que se imponía sobre su cabeza. Porque al fin y al cabo, lo realmente importante no eran los años vividos, sino más bien la vida que había tenido durante aquellos años. Un sonido conocido llegó a sus oídos desde la calle. El repiqueteo de los tacones de aquella chica mientras caminaba rápidamente, alejándose del joven que minutos antes la acompañaba. Unos segundos después, el joven apareció en escena, siguiéndola y agitando sus brazos. "Seguramente una discusión de último momento", pensó. Algún plan arruinado o una decepción más para agregar a la lista. Planes… son lo que solemos hacer mientras se nos pasa la vida. Era inútil comprenderla, simplemente hay que aceptarla, disfrutarla, vivirla. Lo menos frecuente de este mundo era vivir, la mayoría de las personas simplemente se limitan a cumplir con su existencia. Roberto creía haber vivido bien, haber disfrutado y aprovechado cada momento, más allá de las decepciones, las siembras no cosechadas y las respuestas inesperadas. No se trataba de tener buenas cartas para jugar tu mano, sino jugar lo mejor posible con las cartas que nos tocaba. Y esa noche tenía toda la apariencia de ser el final del juego.

Un leve pero perceptible calor llegaba desde las alturas, acompañado de una brisa que aumentaba lentamente la intensidad. Le resultó extraño y el temor de lo desconocido comenzó a invadirlo. Si su imaginación tenía razón, sólo quedaban pocos instantes para el impacto. A veces podemos pasarnos años sin vivir en absoluto, y de pronto toda nuestra vida se concentra en un instante. ¿Si se alejaba del lugar lograría sobrevivir? No lo sabía, pero decidió quedarse. Bebió el último sorbo de cerveza, maldiciéndose por no haber comprado más la mañana de aquel día. Un lujoso auto estacionó en la vereda de enfrente, una mujer elegante descendió de él y se apresuró a esconder su brillante y diminuta cartera mientras intentaba alzar su vestido al caminar. Un instante después desapareció en el interior del edificio, justo antes que el automóvil se alejara con prisa del lugar. "Cuando se acaba el juego, el rey y el peón regresan a la misma caja", pensó Roberto. Era injusto que la vida se le terminara en aquel momento, aunque la manera, no lo podía negar, era realmente original. Había cierta alegría, una pincelada de curiosidad y ansiedad por vivir ese final. La brisa cálida se había convertido ahora en un viento creciente y la luz emitía un brillo extraño, de otro mundo, ajeno y lejano.

Fugazmente, la vida comenzó a cruzarse por su cabeza, tal como lo había oído infinidades de veces que sería cuando se percibe el final. Simplemente eran muchos recuerdos, momentos, palabras, voces y lugares que recordar, muchos nombres, aromas, sabores y sentimientos que revivir en tan poco tiempo. Imposible realizar una selección de lo mejor de toda una vida para revivir en pocos minutos, pues su vida no era lo que realmente había ocurrido sino lo que podía recordar. Se relajó y respiró profundamente. El aire se notaba más pesado y cálido que lo normal. La luz ahora se encontraba coronada por un haz de color blanco, con tonalidades rojizas y amarillas. Quizás era su imaginación, pero podía notar lo que parecían ser llamaradas que brotaban de sus lados. Un muchacho se había detenido al otro lado de la avenida, apuntando su celular al extraño acontecimiento. Un taxi se encontraba detenido en la esquina, y su chofer estaba absorto, con la vista clavada en la brillante bola que se acercaba desde lo alto.

¿Qué estaría haciendo su madre? ¿Su hermana y sobrinos? ¿Qué sería de la vida de su primer amor? ¿Acaso estaría en el recuerdo de alguna persona en sus últimos momentos? Le encantaría saberlo. ¿Lo recordarían en un futuro por alguna de sus obras? Tantas preguntas por formularse y tan poco tiempo… Ciertamente su última cena no había sido gran cosa; si hubiese sabido, hubiera preparado una opulenta y sabrosa cena para agasajar el momento. Seguramente la televisión y todos los medios estarían estallando con la noticia. ¿Cuál sería el "Hashtag" elegido? ¿#SeVieneElFin? ¿#SeCaeElCielo? ¿#ChauChauAdiós? Quién sabe… Quizás alguien se encargaría de transmitirlo en vivo al resto del mundo, para un posible espectador sobreviviente a la catástrofe. Se sintió arrepentido de haber trabajado casi todo aquel día, pero… ¿quién lo iba a decir? "El fin del mundo" No era gran cosa como lo había imaginado tantas veces con la cabeza apoyada sobre la almohada. Había tantas maneras de ponerle fin a todo. Ésa no era una de sus favoritas. Hubiese preferido, quizás, un ataque extraterrestre, o una erupción masiva, tal vez una invasión zombie… no lo sabía con exactitud, pero un meteorito… no dejaba mucho para contemplar. Por un instante pensó en los dinosaurios, e imaginó su esqueleto siendo descubierto millones de años después por una raza de seres desconocidos. Sonrió.

El viento ahora se había convertido en fuertes y calientes

ráfagas que provenían de lo alto. Una multitud de personas se amontonaban en la calle, en los balcones, ventanas, terrazas y vehículos. Algunos llorando, otros gritando de terror y quienes permanecían en silencio, contemplando lo que ahora se había convertido en una esfera de fuego que rugía en lo alto, acercándose rápidamente. Roberto se reclinó sobre la baranda. Se preguntaba si había vivido una vida feliz y la respuesta fue un sí. Se sentía agradecido por ello. Por su cabeza se cruzó la imagen de la anciana y el pequeño perrito. ¿Qué estarían haciendo en ese momento? ¿Acaso se habrían enterado del espectáculo final? No lo sabía con certeza… Se limitó a cerrar los ojos y sentir el calor que lo abrazaba mientras un intenso fulgor invadía todo a su alrededor.

Un agudo sonido penetró profundamente en su cabeza. Abrió los ojos.

Transcurrieron unos segundos hasta que estuvo lo suficientemente consiente como para darse cuenta que se había quedado dormido en el sillón. El vaso se encontraba hecho añicos sobre un charco de cerveza. La televisión permanecía encendida, el noticiero de media noche estaba a punto de finalizar. La pantalla mostraba una aparentemente urgente noticia de importancia internacional, la imagen del cielo nocturno y una persona de traje hablando con notable inquietud. Roberto apagó el aparato, quedando en silencio. Contempló hacia afuera. La noche se percibía particularmente silenciosa. Se preguntó si todavía había alguien con vida allí afuera.

"Sin duda, no hay cacería como la caza de hombres y aquellos que han cazado hombres armados durante el suficiente tiempo y les ha gustado, en realidad nunca se interesarán por nada más."

ERNEST HEMINGWAY

LA VÍCTIMA

Ezequiel Pineda

Las manchas de sangre bañaban la insignia metálica de su uniforme. Intentó vanamente quitarlas con las mangas de su chaqueta mojada por las gruesas gotas de lluvia, pero el dragón de alas negras seguía camuflado en escarlata. Las órdenes habían sido precisas: matar.

La víctima yacía bajo sus pies, y el asesino limpiaba sus botas embarradas en el cuerpo sin vida, maldiciéndolo por haberlo ensuciado tanto y por la torrencial lluvia de días que se empeñaba en empaparlo.

La brutal escena estaba siendo observada por un niño, oculto tras un montón de chatarras viejas y oxidadas, temblando de frío a causa de la lluvia, incapaz de moverse por el miedo que le había provocado el soldado, el mismo soldado que masacró sin compasión a un enemigo desarmado.

Una voz carrasposa se elevó entre el murmullo de la lluvia, felicitando al soldado por la hazaña. Se trataba de su radio y la voz de algún superior del otro lado, que luego del cumplido impartía nuevas órdenes de ataque. Con una orgullosa sonrisa, el soldado dio media vuelta y abandonó el lugar, dejando tras de sí el trofeo ganado a la vileza de la humanidad. Una humanidad que con el tiempo no dejó lugar a la nobleza, los fuegos del odio fueron evaporando la piedad, y desplazando la decencia. Un neosalvajismo tecnológico emergió y se apoderó de los seres humanos entre disparos de miles de armas que, irónicamente, apuntaban a la paz y al orden mundial. Y la masa incrédula de gente volcó sus razonamientos a favor de los fatuos designios del mortal, olvidándose de los viejos preceptos y principios morales que sus antepasados predicaron. Es así como, ante todo, despreciaron la vida y veneraron la muerte. La guerra fue 'y es' el escenario cotidiano de un mundo en inevitable decadencia.

La lluvia no cesaba, el niño espiaba entre las rendijas que formaban los restos de un automóvil y una gran pila de basura, sólo veía el cuerpo inerte de la víctima alumbrado por el único farol del pequeño callejón. Nunca imaginó que vería a uno de ellos tan de cerca. Podía apreciar una tez pálida, en contraste con la sangre que manaba de su herida y se diluía con la las gotas de lluvia.

El pequeño no lloraba, ya había dejado de temblar, el soldado se había marchado, y la perplejidad se apoderaba de su rostro mientras contemplaba al cuerpo ensangrentado. Había observado todo, en su inocencia se preguntaba si podría haber evitado que sucediera, y que esa vida no hubiese sido quitada en vano.

Envuelto en los ecos del viento percibía el sonido inconfundible de la guerra, un antagónico espectáculo auditivo de la divergencia entre los que sufren y los que pretenden permanecer cuerdos a expensas de vanos festejos. Gritos, risas, disparos, aplausos, explosiones hasta canciones entonadas por los victoriosos "defensores" de la humanidad; el niño recordaba que alguien le había enseñado que se trataba de himnos, pero no inspirados por el amor a la patria, sino dirigidas al necio egoísmo implantado por el maligno sentido de superioridad, sentido que al ser percibido sumerge al más noble de los hombres en el estado más vil, bajo y despreciable de los seres vivos.

Mirando hacia todas direcciones, el niño, con su innata curiosidad, podía ver el camino despejado para acercarse un poco más. Antes de emprender la marcha miró hacia atrás, en busca de las raídas paredes del orfanato que simulaba ser su hogar. Al no ver indicios de peligro alguno, dio su primer paso.

La sangre aún manaba de la gran herida en su pecho, las gotas de lluvia dibujaban ondas sobre la espesa corriente escarlata que corría por el suelo. El niño descansó a solo un metro de él, contemplando su tez marfil, sus rasgos marcados, y un semblante inquietantemente sereno. "Nunca te acerques jamás a uno de ellos". La advertencia resonaba en su memoria de años anteriores, la voz de su padre comenzaba a formar parte del olvido pero, aquel día, su atención estaba puesta en el dibujo del dragón negro, en la insignia que lucía su padre antes de partir a la guerra de la que jamás volvió. Quizás al pequeño un simple "te amo" le hubiera bastado, pero las últimas palabras de su padre volvían a resonar en su cabeza una vez más: "No te acerques jamás a uno de ellos". ¿Acaso serían ellos el motivo de la guerra que nunca podía entender?

Siguió observándolo impávido bajo el diluvio, de pie, durante largos minutos, aguardando que alguien lo rescatara de su letargo inconsciente fruto de la curiosidad. Pero nadie acudió, en vez de eso, un relámpago errático dividió el cielo en dos y su procedente estruendo despertó al niño de su ensimismamiento. Allí de pronto cayó de rodillas, sintiendo la culpa de la humanidad sobre sus hombros, sintiéndose tan culpable como el soldado que acabó con la vida de ese ser pacífico. Agachó su mirada entristecido, y recostó su cuerpo sobre el pecho de este ser. Un ligero estertor lo sobresaltó y, al mirar hacia el rostro pálido de la víctima, vio sus ojos entornarse; al terminar de abrirlos, el niño quedó atrapado en una mirada de tonos dorados y esmeralda que reflejaban la verdad que tanto anhelaba saber. Vio a los seres caminar sobre la tierra por primera vez, esperanzados de encontrar maravillas para documentar, para estudiar, para admirar. Así admiraron al hombre y su sencillez, y a la incontable variedad de atributos y sentimientos que éste anidaba en su interior.

El pequeño no podía escapar de las visiones que la mirada de ese ser le obligaba a contemplar. Sintió miedo. Y las visiones le ayudaron a discernir que este mismo miedo que él sentía era el motivo de todo lo que sucedía, la causa elemental de la sed de los visitantes. De todas las emociones que admiraron, ellos buscaban sólo una: el miedo. De esto se alimentaban sus pálidas vidas, éste era el elixir por el cual decidieron arremeter contra la tierra. La angustia demacró el rostro del infante, que culpaba a la humanidad por la barbarie de la guerra hacia seres que no tenían aspecto de hostiles pero que, a su vez, no necesitaban armas como los humanos para consumir las vidas de los que lo rodeaban. Se alimentaban del miedo. Él era su alimento. Él era la víctima.

La lluvia no cesaba, y el eco de su memoria repetía: "No te acerques jamás a uno de ellos".

*"La irracionalidad de una cosa no es un argumento en
contra de su existencia, sino más bien
una condición de la misma."*

FRIEDRICH NIETZSCHE

PINCELADAS

Sergio Helguera

El crepitar de las llamas rompía el intenso y profundo silencio que reinaba en la habitación oscura de la vieja casa. La incandescente luminosidad del fuego creaba fantasmagóricas siluetas, sombras que danzaban a su alrededor como almas en búsqueda de libertad. Las llamas crecían sin control, sin piedad, devorándolo todo a su paso, como un dragón seguro de su poderío que disfruta cada segundo de su implacable avance. Sentada en el extremo opuesto se encontraba Zara, sumergida en la oscuridad de un lejano rincón, contemplando en silencio la escena que se reflejaba en sus ojos vidriosos. El calor arremetía con más intensidad su rostro bañado en lágrimas, mientras devoraba encarnizadamente la última caja de cartón que se le había dado por ofrenda. Zara suspiró profundamente y dirigió su mirada hacia el pincel que yacía a su lado para luego tomarlo con sus manos. Sus dedos llenos de sangre le provocaban un dolor indescriptible, testigos de un horror que jamás hubiese imaginado sentir. Hizo girar entre sus dedos el delgado pincel de madera con cerdas tan finas como el cabello de un niño. Al resplandor de las llamas brillaba como nunca antes lo había hecho, como si el calor le otorgara vida propia, más vivo que su propio corazón. Lo sintió extrañamente más pesado, mucho más pesado que nunca y lo dejó caer al suelo una vez más, perdiéndose en las sombras. Tosió ruidosamente y recorrió con su mirada cada rincón de aquella extensa y hermosa habitación.

Por supuesto que recordaba la primera vez que había estado allí, en ese mismo lugar, varias semanas atrás. En aquel entonces las paredes cubiertas de un descolorido y desgarrado empapelado estaban decoradas con docenas, cientos de cuadros pintados a mano. Retratos de una mujer bella, a la que había conocido fugazmente cuando era niña. La repentina partida del anciano había conmocionado a los habitantes de ese pequeño pueblo. Aunque era un hombre solitario e introvertido, todos y cada uno de ellos sentían especial cariño por él, especialmente después de haberse conocido la triste noticia del fallecimiento de su esposa un año antes. El señor Baldemar era un excelente pintor, reconocido por sus increíbles y hermosas obras, cuadros de una realidad asombrosa y extrañamente atractiva, los cuales vendía en la feria del pueblo cada fin de semana. Su peculiar humor y su simpatía lo convertían en una persona agradable, con la cual se podía disfrutar de una amena conversación repleta de anécdotas y vivencias de tiempos lejanos. Su sonrisa dibujaba en su rostro marcado por la edad el amor que sentía, el cariño que entregaba no sólo con su trabajo, sino también con su presencia. Pero la sonrisa de Baldemar se había extinguido por completo junto con la partida de su esposa. Los rumores que circulaban por las calles del pueblo se acrecentaban con el paso de los días mientras el señor Baldemar permanecía en el interior de aquella vieja casona. Las ventanas cerradas y el silencio incomodaba a todos, y la preocupación por la salud del anciano cobraba cada vez más fuerza. Todos recordaban el penoso momento del entierro de la señora Baldemar, y la ausencia de su esposo aquella tormentosa tarde de otoño. Desde aquel día, pocas veces se lo había visto salir. Sus fugaces visitas al viejo almacén del pueblo eran cada vez más espaciosas hasta que, un día, después de un mes desde su última aparición, los vecinos decidieron por unanimidad ingresar a la casa. Los peores temores se habían vuelto realidad cuando encontraron el cuerpo sin vida del señor Baldemar, sentado en su añejo sillón, frente al retrato de su esposa, pintado por él mismo días atrás. Algunos dicen que fue una tarea difícil poder extraer el pincel de su mano inerte, otros comentan que sus ojos abiertos y sin vida permanecían fijos en aquel retrato. Pero todos eran rumores inciertos que alimentaban la imaginación, sumando una historia más al folklore de aquel pequeño pueblo de provincia.

Ciertamente que esas historias fueron motivo suficiente para que la imaginación y la curiosidad de Zara crecieran a tal punto que, una tarde de domingo, decidiera ingresar a la vieja casona. Tal como si fuera ayer, recordaba haberse escabullido entre los maderos que tapiaban una de las ventanas e ingresar a la sala principal. La luz del mediodía se filtraba entre las rendijas, pero era suficiente para poder contemplar lo que ante sus ojos se presentaba. A medida que su vista se adecuaba a la oscuridad descubrió los incontables retratos que cubrían cada una de las paredes del salón. Todos ellos representaban un rostro familiar, con diferentes fondos, distintos marcos y tamaños, una increíble variedad de maneras de retratar el rostro de la que había sido su esposa durante toda su vida. El rostro de la señora Baldemar.

Zara se adentró aún más y contempló de cerca cada uno de ellos, se preguntaba a sí misma si eso era lo único en que había utilizado su tiempo el anciano antes de su partida. Se detuvo de inmediato cuando descubrió el viejo sillón, en medio de la sala contigua, sumergido en la oscuridad de la casa. Frente a él podía distinguir la silueta del gran retrato que continuaba allí, ajeno al paso del tiempo. Un escalofrío recorrió todo el cuerpo de Zara y un deseo de escaparse la invadió. Pero algo había llamado su atención lo suficiente para no hacerlo. Entre la oscuridad que reinaba allí, observó un brillo especial, un resplandor extraño proveniente de aquella habitación. Su curiosidad fue más fuerte que el miedo y dio un paso adelante, luego otro y otro más hasta quedar frente al sillón vacío donde el anciano había dado su último suspiro. Su pie pisó algo rígido, que rodó unos pasos hacia adelante. Zara se acercó más y lo tomó en sus manos. Era un pincel. Se encontraba en perfecto estado. Sus cerdas relucientes tenían un extraño pero atractivo fulgor. Lo podía sentir agradable al tacto, demasiado confortable en sus manos, como si hubiera sido fabricado especialmente para ella. Sonrió y lo guardó en su bolsillo.

El fuego parecía incrementar su magnitud ante la angustia creciente de Zara. Aquellos recuerdos encrudecieron aún más su llanto. Con profundo dolor e impotencia arrojó una caja más a las llamas, avivando el fuego. Si tan sólo pudiera retroceder en el tiempo y evitar haber encontrado aquel maldito pincel. Contempló las llamas devorar el cartón y dejar en descubierto las pinturas que contenía en su interior, justo antes de que se convirtieran en cenizas. A su alrededor aún quedaban dos cajas más. Dos más y todo ese infierno desaparecería para siempre. Rompió en llanto nuevamente, abatida por la lluvia de recuerdos que azotaba su mente en la soledad de aquel salón. A lo lejos pudo escuchar las ya conocidas sirenas de los bomberos del pueblo. No tardarían mucho en llegar, pero ella sabía muy bien que debía hacerlo. Casi como un bálsamo de paz, apareció un recuerdo agradable, una vivencia de pocos días atrás, algo que no podría olvidar con facilidad.

La intrusión a la vieja casona había despertado en Zara una creciente curiosidad provocándole insomnios durante las largas noches. Rindiéndose ante ella, había decidido visitar una vez más el sitio, sin saber que aquello se convertiría en una rutina diaria de la que no podría escapar. La increíble y majestuosa variedad de lienzos de diferentes tamaños, colores, formas y texturas la invitaban a intentar crear sus propias pinturas. Un amplio mueble de madera guardaba en su interior una infinita variedad de colores, aun aquellos que nunca visto. Pero algo extraño ocurría allí. La maravillosa diversidad de lienzos, marcos y colores no se correspondía con la herramienta principal. El pincel. Sólo había uno en toda la casa. Después de escudriñar en cada rincón, se había rendido a la inverosímil posibilidad de que, todos esos retratos habían sido creados con un solo pincel. Ese mismo pincel que ahora tenía en sus manos. Dejando de lado los pensamientos más increíbles se dedicó a crear su primera pintura. Pocas horas después se detuvo a contemplar la obra de sus manos. Un hermoso paisaje nocturno, una infinidad de estrellas brillando sobre un fondo azul oscuro y la gran luna redonda y resplandeciente como la perla más pura del mundo. A un lado, el tímido pero seguro paso de una estrella fugaz que cerraba una apacible escena nocturna. Zara se sintió orgullosa de su obra y permaneció unos instantes contemplándola en silencio. Nunca imaginaría que, aquella misma noche, la escena que había creado en el viejo lienzo se haría realidad. Todo era demasiado confuso para ella. ¿Coincidencia? ¿Magia? ¿Acaso un poder divino? No lo sabía. Debía averiguarlo. Y pronto.

Bajo el calor de la creciente hoguera, Zara se acercó hacia otro rincón de la sala. Varios retratos sin enmarcar de la fallecida esposa del señor Baldemar se desparramaron sobre el piso cuando abrió la penúltima caja. Con sorpresa descubrió que todos ellos se encontraban deshechos, rasgados, rotos, muchos presentaban garabatos sobre el rostro de la mujer. Uno en particular tenía un hoyo sobre su cien, como si hubiese sido atravesado deliberadamente. En ese momento Zara lo comprendía todo. Con lágrimas deslizándose por sobre sus mejillas tomó los retratos y los arrojó al fuego, un fuego que ya había consumido por completo cada retrato que se le había ofrecido. Entonces fue cuando lo vio. Allí, recostado sobre una de las paredes, estaba el retrato que lo había cambiado todo. Zara se acercó lentamente, y con su vista nublada por las lágrimas reconoció la pintura que tenía delante de ella. Se trataba de sus padres y de su hermano menor. Pintura que había realizado durante los primeros días en aquella casona abandonada. Todavía recordaba la sonrisa que su rostro tenía al momento de hacerla, con la esperanza que a su madre le gustara cuando se la entregase el día de su cumpleaños.

Era un perfecto día soleado de primavera, y así lo había sido, como no podía ser de otra manera, aquel mismo día. En ese momento se arrepintió completamente de haber sido presa de un arranque de ira. Daría su vida por regresar el tiempo atrás, evitando lo que ahora era imposible de remediar. Menos de un día había transcurrido desde que había vuelto a ese lugar, presa de la frustración de una discusión familiar, como tantas otras. Cegada por la ira había decidido romper su última obra, retrato de una familia feliz, sin advertir siquiera las consecuencias que ello acarrearía. En sus manos sostuvo su última obra, destrozada por sus propias manos. Ahora consciente del terrible poder de ese pincel, poder capaz de dar vida, crear mundos y también destruirlos. O tal vez no era el pincel en sí, sino la potestad que se le otorgaba al que lo blandiera. Lo cierto era que, esa misma noche, su familia entera había muerto, destrozados como ese simple lienzo de tela. Allí estaban, sus padres y su pequeño hermano, como muñecos descartados, desgarrados como juguetes de un perro rabioso. Miró sus manos ensangrentadas, deseando que aquella fuese su propia sangre y no la de los suyos. Había descubierto un increíble poder de creación, pero con él sólo había logrado matar a su propia familia. Con manos temblorosas dejó caer el lienzo junto con muchos otros más que había pintado en las últimas horas. Todos ellos mostraban a su familia nuevamente en un inmejorable día, con sonrisas en sus rostros. Pero era en vano. Ya no había vuelta atrás. Se habían ido. Era evidente que pintarlos no los devolvería a la vida. Ahora comprendía la terrible locura, la espantosa obsesión del señor Baldemar y sus innumerables retratos de su esposa fallecida. Ahora tenía plena consciencia que había cometido el mismo error que ella. Aquel pincel brindaba el poder de crear mundos, diseñar momentos, concebir vidas, pero todo eso era tan frágil, tan endeble y delicado como aquellos finos lienzos de algodón.

El fuego cobró fuerza súbitamente. Las llamas se habían convertido en feroces fauces que pedían a gritos una nueva ofrenda. Poniéndose de pie, Zara tomó la última caja de la habitación y la arrojó a las llamas. Las sirenas de los bomberos del pueblo se habían detenido cerca de la casa, pero no podía verlos. Las luces intermitentes se filtraban por entre las rendijas de las ventanas. Avanzó unos pasos hacia el fuego cuando, de pronto, cayó en razón. Debía deshacerse de ese maldito pincel. No podía caer en manos de nadie más. Dio media vuelta y recorrió el salón, ya casi invadido por completo de humo. Los ojos le ardían y podía sentir arder sus pulmones con cada respiración. Fue entonces cuando lo vio, en un oscuro rincón, resplandeciendo como la primera vez que lo había visto. Se acercó y lo tomó en sus manos para contemplarlo una última vez. En ese momento descubrió que las llamas habían alcanzado sus piernas y comenzaban a extenderse rápidamente. Zara arrojó el pincel y, gritando de dolor, se tiró al piso, en un intento desesperado por quitarse los pantalones. No podía moverse, ya no sentía sus piernas, como si el fuego la consumiera por dentro. Entonces, iluminado por el fulgor de las llamas, observó el contenido de la última caja arrojada a la hoguera. Entre el humo y el calor contempló la terrible y espantosa realidad que encerraban esas pinturas. Delante de ella aparecieron los retratos de cada uno de los habitantes de aquel pueblo, los que están y los que estuvieron, todos y cada uno de ellos retratados en pequeños lienzos y, entre ellos, estaba ella. El fuego comenzaba a devorar lentamente cada una de las pinturas convirtiéndolas en formas oscuras e irreconocibles, para luego volverse cenizas. Aunque su mente se negaba a creerlo, la verdad estaba allí, frente a sus ojos. El pueblo entero, cada una de esas personas, había sido creación del señor Baldemar.

El sonido de las sirenas continuaba pero ya no se escuchaba nadie alrededor de la casa. En ese instante, y con terrible pesar lo comprendió, pero ya era demasiado tarde. Se desplomó sobre el piso de madera, casi sin respiración. Le era imposible sentir su cuerpo mientras el fuego la consumía al igual que su propio retrato, al igual que todos los que se encontraban allí. Dejó caer su cabeza a un lado, cuando observó el pincel que permanecía en un alejado rincón de la casa, resplandeciendo más que el fuego mismo. Entonces sus ojos se cerraron y el ardor de la inexistencia tomó posesión de su alma para siempre.

*"Incierto es el lugar en donde la muerte te espera; espérela,
pues, en todo lugar."*

SÉNECA

LA MELODÍA

Ezequiel Pineda

Ya era la cuarta noche sin dormir, y siendo casi las 05:30 de la madrugada Luis siente que su cuerpo busca descansar, lo sabe por las señales: esas luces incandescentes que puede ver de soslayo y se interponen cada vez un poco más con su visión, paulatinamente lo va obligando a parpadear con fuerza, y nota como cada parpadeo es más prolongado que el anterior. De más estaría plantearse alguna pregunta como ¿Qué hacía allí? Luis entendía muy bien su labor y el fruto que cosecharía por cada esfuerzo nocturno, cuidar de un parque no era tarea fácil, pero después de las 03:00 se terminaban las recorridas con la linterna y solo le restaba aguardar su relevo a las 06:00, un tiempo de espera que se tornaba casi siempre interminable. La pequeña radio que servía las veces de compañía se había descompuesto dos noches atrás, y con la maraña de problemas que entretejía en su cabeza durante el día tenía pocas chances de recordar llevarla a algún service cerca de su casa. Debía conformarse con el canto de los grillos o algún que otro pájaro madrugador, fue gracias a ese silencio que pudo escuchar una melodía distante, pero que no parecía provenir del lado de la ciudad, sino por el contrario, del lado donde sólo había hectáreas de abedules y pinos, claro, también estaba el lago artificial con sus patos blancos, pero no recordaba haberlos visto tocar el arpa alguna vez.

Meses atrás, cuando comenzaba con este arduo trabajo de mantenerse despierto, la había oído opacada por el tosco y lluvioso sonido de la radio, "es una interferencia" se auto convenció sin prestar mucha atención. Ahora, sin la radio, el sonido era diferente, más nítido, y le pareció que la melodía era la misma, una suave caricia en el alma, un remanso de paz en medio de la quejumbrosa ciudad. Luis, escéptico como de costumbre sólo se atrevió a divagar sobre el origen de aquellas notas que le llevaba la brisa del alba. Pensó en algunos jóvenes que se habían escapado al haz de luz de su linterna al momento de la recorrida por el parque; imaginó que podría tratarse del eco lejano de alguna orquesta, la calle de los teatros no estaba muy lejos del parque. Se dio por satisfecho con esa última conjetura y se arrebujo en su asiento dentro de la diminuta garita; la ligera brisa era fría en otoño y sobre todo al despuntar el alba. Le resultaba extraño no haber vislumbrado el primer rayo de sol, se asomó por la ventanita polvorienta de la cabina para mirar al cielo, un ligero pesar demarcó las facciones de su rostro al observar el implacable avance de unas nubes de tormenta. Era Domingo, y como cada uno de ellos, era su turno de pasar el tiempo con Clarita, su hija. Si bien se había separado hace más de 3 años de su esposa, era ella quién había ganado la custodia de la nena, pero Luis la disfrutaba cada domingo gracias al trabajo de su ex esposa en la guardia del Hospital Central. Por esto su pesar, había planeado de antemano llevar a su hija al campo de un amigo, para que montara a caballo, para Clarita sería una sorpresa, pero al parecer debería postergarla.

La tormenta no tardó en llegar, y luego del primer trueno el radio que llevaba en la cintura comenzó a hacer ruidos de interferencia y una lejana voz se escuchaba gritando su nombre:

—¡Luis! ¡Luis! ¿Me copiás?

—Si te copio —responde Luis, bufando de rabia, sabedor de la conversación que estaba por plantearse.

—Soy Manuel, disculpame, pero la tormenta inundó varias manzanas de mi barrio, hable con Martínez y le avisé que no voy a poder relevarte hoy. Igual despreocupate que te está buscando un reemplazo que viva más cerca. Disculpá, Luisito.

No se sentía con ganas de responder nada, pero por cortesía debía hacerlo:

—Tranquilo Manuel, resolvé tus cosas que acá espero mi relevo. Suerte.

—Gracias Luisito. Suerte.

La última vez que había pasado algo parecido su relevo llegó dos horas después de la apertura del parque, y sí había algo que realmente detestaba era hacerse cargo de la apertura. Pero solo le quedaba respirar profundo y aceptar la infranqueable realidad luego de haber sido avisado. Miró su reloj, las 05:40hs, sabía que nadie vivía a veinte minutos de allí. La lluvia arreciaba con fuerza, si bien para abrir el parque todavía faltaban un par de horas extensas, ya se estaba haciendo a la idea. Emitiendo un largo suspiro que más se pareció a un bufido de hastío, hurgó en el bolsillo de su pantalón en busca del teléfono celular que le había obsequiado su hija para su cumpleaños. Luis no era de llevarse bien con la tecnología moderna, pero le había prometido a su hija que intentaría usarlo. De hecho el único contacto en la agenda del teléfono era el de su hija. Su intención era avisarle que llegaría un poco más tarde, pero el teléfono parecía tan muerto como la vieja radio. Elevó su mirada hacia las nubes grises y maldijo al inesperado clima. Un relámpago sorpresivo encandiló sus ojos y el trueno resultante de aquella intensa luz retumbó en todo el parque. En ese mismo momento un fuerte dolor en el pecho lo hizo sentarse de golpe, con una expresión de sufrimiento se tomó el pecho con ambas manos, respiró profundo, hasta que el dolor pasó. Le fue inevitable recordar que tenía cita con el médico para el próximo día. A causa de su trabajo y de las pocas ganas que tenía, siempre había postergado la visita al médico, para hacer los chequeos correspondientes a causa de ese intenso dolor que venía acalambrando su pecho cada tanto, como si el corazón se endureciera y se empecinara en no bombear más.

No terminaba de recordar la hora de la cita, cuando la música volvió a escucharse en sus oídos, la melodía se imponía entre la ruidosa tormenta. Luis imaginó que habrían subido el volumen de aquella grabación, o lo que sea que fuera. Nunca se quedaba sentado luego de aquel dolor, por el contrario prefería caminar para darle a su cuerpo la inercia de la vida en vez de la quietud, por lo que tomó su piloto del perchero, un paraguas, y se adentró en la lluvia con su linterna encendida para ir en busca de aquella canción.

La lluvia caía en compañía de un fuerte viento, por lo que usar el paraguas era totalmente inútil, las gotas frías se colaban por todos los flancos sin dar tregua siquiera al piloto que Luis llevaba puesto. Caminó por el sendero principal que recorre casi la totalidad del parque de un extremo al otro. La melodía parecía estar más cerca con cada paso que daba, pensó porque no se le había ocurrido antes que la lluvia arreciase el parque, pero ya era tarde para arrepentirse, miró tras de sí, la garita ya estaba fuera del alcance de su vista, además seguía con el pecho resentido por el dolor, así que prefirió seguir caminando.

Siguiendo la melodía se detuvo en un punto del camino para escuchar con mayor detenimiento. Le pareció oír las notas con mayor nitidez del otro lado de la cerca que rezaba "prohibido el paso", donde sólo había arbustos y árboles para trasplantar en sectores diferentes del parque. Buscó entre las llaves de su bolsillo, y encontró la de la cerca. Nunca había entrado en ese lugar, sólo debía cerciorarse que estuviera siempre cerrada antes de comenzar la guardia, por lo que era la primera vez que entraba. Sin la lluvia que nublaba su visión podría haber sido un mejor momento para conocer aquel lugar, pero no estaba allí para conocer nada, sino para encontrar aquella melodía que se iba haciendo más nítida a sus tímpanos con cada metro recorrido.

Le fue inevitable encontrarse con lodazales que casi cubrieron sus pies, y su piloto se enganchó repetidas veces en las afiladas espinas de algunos arbustos. La lluvia seguía cayendo con el mismo ímpetu desde que comenzó la tormenta y ya no renegaba de ella. Alumbró entre los árboles más viejos, la melodía podía sentirla cerca suyo, era hermosa y afinada, una serenidad incompatible con el aguacero que castigaba la vegetación del parque. Luis agudizó la vista al vislumbrar un resplandor blanquecino detrás de unas plantas bastante crecidas, movió la mano donde llevaba la linterna sólo para chequear que no se tratara de esa luz, el sol debía salir del otro lado, pero no antes que la tormenta le dejara lugar para alumbrar. Se extrañó mucho pensando en el origen de ese resplandor, porque ninguna fogata sobreviviría a esa lluvia, y la intensidad era menguante, iba y venía, como si latiera con vida.

Se aproximó corriendo la maleza con las manos, apagó su linterna para no llamar la atención, la luz no se hacía más intensa, pero si más nítida. No sabía por cuanto tiempo había estado caminando, miró su reloj, pero se extrañó al verlo marcar las 05:40hs, al parecer todos los artefactos se había puesto de acuerdo para no funcionar. Sin más siguió su camino entre la vegetación hasta que salió a un claro donde la luz era más clara, una extraña calidez se apropió del ambiente y la lluvia dejó de caer. Luis miró hacia el cielo, los árboles le dejaban ver un cielo claro justo encima suyo, pero a su alrededor la tormenta seguía cayendo con fuerza. Todo resultaba de lo más extraño. La melodía sonaba clara en ese lugar, miró hacia todas direcciones hasta que lo vio: Sentado sobre la base de un árbol talado había una figura tocando una gran arpa plateada, sus dedos se movían gráciles y delicados sobre las cuerdas, y en su composición la melodía que Luis tanto buscó cobraba sentido.

La luz la emitía este ser, radiante y menguante, como acompañando los latidos de aquel excelente músico, al compás del ritmo que entonaba. Luis no sentía miedo, caminaba con pasos lentos hacia este ser, se había olvidado de todo y de todos, la melodía lo atraía con un sentimiento de tranquilidad, de paz, que nunca había sentido en su vida. Se detuvo frente al arpista y se animó a preguntar:

—¿Quién eres?

—Tu ángel de la muerte —respondió sin dejar de tocar.

Luis no esperaba esta respuesta, pero no sintió pena, ni remordimiento, ni tristeza por sus seres queridos, sólo sintió paz, una paz que lo elevó por encima de todo sentimiento, y por encima de todo emprendió su vuelo hacia la eternidad de la mano de aquella melodía que lo había encontrado. Y desde arriba, sobre la copa de los árboles del parque, sobre las nubes grises que le daban paso, se vio a sí mismo, desplomado fuera de la garita, aferrando su pecho con ambas manos.

"En cuanto la conocí supe que era una estrella. La habitación se iluminaba con su sonrisa y se caldeaba de inmediato con ese halo que siempre la rodeaba."

ESTHER EARL

LA LUZ DE LA ESTRELLA

Sergio Helguera

Sin verlo venir, sin excusas ni advertencias; entre palabras frías y ausencias, se dieron un tiempo y jamás se lo devolvieron. Ese fue su último regalo. Se dio cuenta en ese instante cuán efímero era el tiempo, cuando quiso disfrutar el momento y ya se había transformado en un recuerdo.

Ella se llevó las canciones, él las fotos. Y ambos se repartieron los recuerdos en pesadas valijas. Él se perdió intentando encontrarla. Ella también intentando esconderse.

En ocasiones recordaba la primera vez que la vio; otras de la última vez que la besó; pero siempre olvidaba olvidarla. Desde aquel momento compartió su cama con viejos recuerdos, dos canciones y un par de lágrimas. Y cada noche se encontraban en sueños distantes.

Un día, deseándolo pero sin esperarlo, se volvieron a encontrar en la misma estación, pero esta vez iban en trenes diferentes. Sus miradas volvieron a rozarse, sin embargo, eran dos desconocidos en un mundo lleno de recuerdos compartidos.

Absorto en su mundo, no se dio cuenta que sus mariposas volaron a otro estómago, y se repetía a sí mismo "¿Qué pasó conmigo, tiempo? ¿Acaso no lo curabas todo?"

Tanto esperó a reunir el valor para dar un paso que cuando quiso hacerlo había olvidado a dónde quería ir. Intentó dar vuelta la página, o tal vez cambiar de libro, pero había perdido la capacidad de leer.

Las horas se cansaron de girar y los minutos olvidaron su propósito. Los días se volvieron eternidades y su único deseo era dormir para poder vivir en sueños lejanos. Las noches llegaron una tras otra sin cesar, llevándose consigo su capacidad de distinguir entre sueños y realidad.

Una noche fría de otoño, entre lágrimas y borrosos recuerdos, alzó la vista en su afán por contener las lágrimas, o tal vez abstraerse de su realidad. Fue entonces cuando, ante sus ojos, se desplegó la inmensidad del cielo, cuya belleza había olvidado ya por completo. Pensó cuán bello sería volar lejos y allá a lo alto hasta tocar las estrellas. Miles de luces titilaban en su danza infinita sobre el oscuro telón. Millones de estrellas de todo tamaño y color lo observaban silenciosas. Inmóviles testigos eternos de su vida.

Entre tal inmensidad, había una estrella particularmente brillante, tan brillante que su luz podía atravesar sus lágrimas hasta llegar a lo más profundo de sus pensamientos. Tan profundo que hasta podía acariciar su herido corazón.

Maravillado por su belleza sin igual, continuó observándola en silencio el resto de aquella noche. Su cálida luz lo abrigó y su resplandor lo acompañó de regreso a casa. Esa noche cerró sus ojos intentando perderse una vez más en sueños, pero aun así podía ver la luz de aquella estrella que lo había cautivado.

Y un día, que había amanecido como tantos otros, llegó como llegan las mejores cosas: cuando ya había desistido de esperarlas.

Perdido entre la multitud de la ciudad, la descubrió por primera vez, y quedó fascinado por su luz, como quien descubre una estrella fugaz en el cielo más oscuro. Y en ese momento fue que decidió pedir, en el más profundo silencio de su corazón, tres deseos.

El destino los cruzó una vez más, y otra vez, y comenzó a desear aquellos encuentros. Cuando pensó que ella ya era perfecta, lo sorprendió todavía más: le sonrió. Sin leer las advertencias que se acercaban curvas peligrosas, se estrelló con su sonrisa. En ese instante comprendió que le sería imposible no enamorarse de ella. Nunca creyó en el amor a primera vista, hasta que sus miradas se cruzaron. En sus ojos encontró la paz que había perdido, y se dejó caer en su interior, perdiéndose en la suave calidez de su voz. La fue descubriendo cada día, en cada instante compartido.

Después de conocer los más bellos lugares del mundo, decidió que se quedaría en sus ojos. El reloj daba las horas y los minutos se quedaron dormidos. Su nombre se le escapaba de la boca iluminando su mundo.

Por tanto tiempo soportó el dolor que le pesaban los párpados hasta cerrarse, pero ella conseguía cerrárselos solo para besarlos. En ese momento abrió sus ojos y cerró los miedos para siempre. Y cuando vio que traía el corazón roto, ella le regaló su mitad. Él aprendió a poner puntos suspensivos a los momentos para hacerlos infinitos… mirándose fijamente con los diez ojos de sus manos. No era mago, pero con solo mirarla era capaz de hacer desaparecer el mundo a su alrededor.

Una noche, entre miradas y suaves caricias, ella le regaló una sonrisa acompañada de una confesión. Y, para su sorpresa, la reconoció. Las palabras se escondieron en su boca en el instante que lo comprendió. Delante de él, entre sus brazos, se encontraba aquella brillante estrella que había podido atravesar sus lágrimas. Sus hermosos ojos se encontraron una vez más con los suyos, y con su boca, la estrella confesó la locura de su corazón.

Durante tiempos innumerables había esperado ese momento, brillando sin cesar desde lo más alto del cielo. Incontables noches se esforzaba por resplandecer cada vez más con la esperanza de alcanzar sus ojos y que pudiera descubrirla. Y, cuando finalmente sucedió, decidió visitarlo cada noche en sueños. Pero su amor fue tan fuerte que decidió abandonar su eternidad para morar entre sus brazos.

Sumergida en su nuevo mundo, brillaba intensamente cada vez que lo veía pasar a su lado, con la esperanza que reconociera su luz. Durante mucho tiempo lo intentó, hasta que un día, que había amanecido como tantos otros, alcanzó a escuchar los tres deseos de su corazón. Y en ese momento comprendió que su espera no había sido en vano.

Él la abrigó una vez más entre sus brazos, sintiendo sus corazones latir al mismo ritmo. Y, aunque ya lo había olvidado, en ese momento los tres deseos que había pedido se hicieron realidad. Cumpliéndose cada uno de ellos, se besaron tres veces. Y al final lo mejor no fueron los besos, fue su sonrisa después de ellos. Quiso decirle cuánto la amaba, pero ella lo interrumpió, sabiendo con certeza que un beso tiene el derecho a interrumpir cualquier frase.

Guardó en su corazón aquel día en que probó el dulce sabor de sus labios. La luz de aquella estrella encontró el mejor refugio entre sus brazos y como agradecimiento le concedió infinitos deseos, y su calor cicatrizó todas sus heridas para siempre.

Llovía intensamente, pero allí estaban, empapados, besándose. Los miraban como locos, y lo estaban. El uno por el otro. La lluvia renovó su cabello, sus ojos y su corazón. Un charco a sus pies se llevó para siempre su dolor.

En aquel momento mágico, mostrándose más brillante que

nunca, ella le regaló la sonrisa más bella que él jamás había visto y le preguntó: ¿Sueñas conmigo?

Y él respondió:

Desde que te conocí, todavía no he despertado.

*"Cuando mi voz calle con la muerte,
mi corazón te seguirá hablando."*
RABINDRANATH TAGORE

ALLÍ ESTABA ÉL

Ezequiel Pineda

Allí estaba él, como siempre, sólo, caminando en una vereda ajena a sus sentidos, rodeado de los atolondrados pasos de gentes que pululaban por la ciudad, incansables, agitados, siempre con la queja en sus labios y las miradas nubladas de preocupaciones; pero a él no le importaban. Su mirada distaba mucho de ser como la del resto, reflejaba serenidad, paciencia y un amor fulgurante hacia la mujer que cada día observaba, la mujer que él amaba.

Cada día al amanecer comenzaba su recorrido por la inmensa ciudad, inmune al bullicio del gentío, sigiloso entre ellos nadie podía percibirlo, de esa manera seguía de cerca los pasos de su amada. Con el paso del tiempo su foco de atención sólo se centraba en ella, viendo a los demás como sombras borrosas de poca importancia. Dejó de lado sus responsabilidades, y su única necesidad era pasar todas las horas de sus días alimentando su obsesión, esperando que ella depositara su mirada color miel en él, creyendo que tal acto sería el paso inicial a lo que podría culminar en el lazo de amor muto que anhelaba con todo su corazón.

Él estaba siempre allí, como cada día, agazapado en la esquina dónde ella vivía, sentado siempre en la misma silla del bar *La Copla de Flores*, con la vista fija en la puerta que al abrirse daría paso a la mujer de sus sueños e ilusiones.

El tráfico de las ocho de la mañana tapaba su visión por unos instantes, pero al observar el gran reloj de la esquina de Carabobo y Rivadavia sabía que ella estaba pronta a salir de su casa, nuevamente estaría en presencia de lo que para él era el ser más hermoso de la tierra. Cuando la puerta se abrió todo su ser se estremeció con el deseo de tenerla en sus brazos: su rubia cabellera reflejando los rayos del sol de la mañana le regalaban el fulgor de una dorada princesa de algún cuento de fantasía, su tez clara y su viva expresión le despojaban el alma de oscuros pensamientos, llenándolo en cambio con las ansias de poder besarla.

Cuando ella comenzaba su recorrido habitual hacia su trabajo él daba inicio a un nuevo día de ilusiones y deseos, todos ellos expresados en el indescriptible amor que sentía. Pero cada día sólo se limitaba a seguirla, y aunque tuvo oportunidades, nunca se animaba a desviarla de su faena habitual para confesarle sus sentimientos hacia ella. Se ocultaba bajo las sombras de la ciudad, fingiendo ser un transeúnte más, mezclándose entre todos para pasar desapercibido ante ella.

El recorrido era siempre el mismo. Nunca faltaba día en que ella no saludara a Doña Rosa, quien paseaba a su mascota casi todo el día, ella daba unas palmaditas al pequeño perro y la anciana le regalaba una cálida sonrisa desdentada y un *"cuidado al cruzar la calle"*.

Sólo debía caminar unos metros hacia la parada del colectivo de la línea 132, allí siempre la esperaba el buen Tito, con su caja de pastillas, casi en su totalidad "mentitas" que ella siempre compraba. Siendo su clienta predilecta, el cordial anciano nunca perdía la oportunidad para quitarse la gorra apolillada y hacer una reverencia a tan cándida damisela.

Al subir al colectivo, ésta vez ella podía observar que viajaría de pie, pero advertirlo no le quitó su hermosa sonrisa. Él subió junto a ella, y se abrió paso entre la gente para quedar bien cerca. Percibía su aroma, su calor, su juventud, sentirse tan cerca y a la vez tan lejos lo llenaba de una inquietante emoción que cristalizaba con lágrimas sus ojos y ahogaba en un soplo a su corazón.

Ubicado detrás de ella, su nariz acariciaba los finos cabellos que la brizna de una ventanilla abierta hacía danzar. El vaivén del colectivo hacia que sus cuerpos se encontrasen repetidas veces, pero en pequeños instantes que crispaban la piel del enamorado. Durante mucho tiempo había esperado tenerla tan cerca como en aquel momento, saborear la delicadeza de su figura con los poros de su piel. De pronto ese incomparable sentimiento se opacaba por las sombras del pasado que venían en su busca. La imposibilidad de ese amor que anhelaba se imponía ante él como una gran muralla imposible de franquear.

La media hora de viaje siempre pasaba como en un parpadeo, la puerta abierta del colectivo dejaba escapar a su amor, ella bajaba sin mirar atrás, siguiendo la corriente de su rutina diaria. Abatido, sumido en la más profunda de las tristezas, la observaba marcharse, una vez más, lejos de sus brazos. Una fuerza invisible le prohibía moverse, siquiera respirar. Unas sombras sin forma ingresaron al colectivo en su busca por la puerta abierta, y en un torbellino de confusión todo se volvía oscuridad. Pero esa intensa penumbra iluminó su razón, quitando el velo de la fantasía, mostrándole la realidad de la que jamás escaparía. La sombra de lo que fue era quien en verdad caminaba por las calles, el suspiro de su alma atrapada entre dos mundos que luchaba por conseguir aquello que había anhelado antes de morir. Una silla en *La Copla de Flores* había sido su lecho de muerte, cuando sin preguntar y de repente su corazón se detuvo, evitando el encuentro con la rubia de enfrente. El destino había querido evitar esa unión, pero era tan fuerte el amor que su pecho albergaba, que su alma luchó por quedarse a revivir esa última emoción tan deseada.

Las sombras se disipaban por la pequeña luz que se iba agrandando a medida que se acercaba, pero la silueta de una silla se dibujaba en otra parte, a un costado, y aunque sólo era una sombra, para él brillaba más que la luz que siempre lo llamaba, y sin dudarlo, cada día hacía la misma elección.

Un nuevo día transcurría en la ciudad, y allí estaba él, sentado en la misma silla de *La Copla de Flores*, esperando se abriera la puerta hacia su salvación.

"Pero el alma humana sólo vive, de su incesante esfuerzo,
por marcarse en todo, como sello imperial."

GABRIELE D'ANNUNZIO

EL ÁRBOL
DE LAS ALMAS

Sergio Helguera

De pie a pocos metros de las escaleras principales, Eduardo observaba la imponente fachada de la vieja casona. Una imperceptible sonrisa escapó de su boca, acompañando su sentimiento de orgullo por el hecho de haber ganado el reciente remate. No comprendía del todo bien el por qué aquella hermosa construcción había quedado deshabitada por tantos años; mucho menos el hecho que hubiese tan pocos interesados en ella. Pero todas esas preguntas se veían opacadas ante la grandilocuencia de lo que se alzaba frente a sus ojos. Esa casa ahora era de su propiedad. Su primera propiedad. En un destello de imaginación, pudo ver a su esposa, hijos y nietos corretear por el extenso parque arbolado que se extendía detrás de la casa.

El lugar no podía ser mejor. Acostumbrado al bullicio de la ciudad y a su contaminado aire saturado de smog entre tantas otras cosas, aquel lugar se acercaba mucho a lo que había imaginado sería el paraíso. El silencio era solo irrumpido por el canto de los pájaros y la suave brisa que se colaba entre las ramas altas de los árboles. El vecino más cercano se encontraba a no menos de dos kilómetros, y la carretera más próxima estaba a poco más tres kilómetros, suficiente para alejarse de cualquier ruido molesto.

Observando todo detenidamente a su alrededor, comenzó a subir las escaleras. El crujir de la madera bajo sus pies era lo único que rompía con el silencio. Utilizando las llaves por primera vez, se adentró en el interior del hall principal y se detuvo para admirar la decoración. Los muebles estilo francés que decoraban el interior de la casa se encontraban en inmejorable condición, como si el paso del tiempo no hubiese hecho marca alguna en ellos. Innumerables cuadros pintados a mano decoraban las paredes de cada habitación, ofreciendo en ellos paisajes de ensueño y rostros desconocidos. A cada paso, Eduardo le sorprendía más y más el hecho de haber adquirido todo lo que sus ojos veían al precio que había pagado por ello. Había sido el mejor negocio de su corta vida. Aun si se dispusiese a vender la propiedad hoy mismo, sabía que obtendría más del triple del valor que había pagado por ella. Una nueva sonrisa se dibujó en su rostro al pensarlo.

Se sintió feliz al pensar que su madre estaría orgullosa de ver lo que había conseguido comprar con el esfuerzo que sus padres habían hecho. Vender aquel pequeño departamento en el centro de la ciudad para luego comprar esta hermosa casa había sido una decisión imposible de mejorar. Se lamentaba el hecho que ya no estuviesen con él para disfrutarla. En ese momento sintió un ladrido lejano. Pocos segundos después, una figura se hizo presente a pocos metros de distancia. Recortada sobre el fondo oscuro de una habitación en penumbras observó la silueta de un perro. Con el rabo entre sus piernas, se acercó con su cabeza gacha lentamente hacia donde se encontraba y se detuvo a pocos pasos para luego tumbarse en el suelo. Eduardo se acercó lentamente y doblando sus rodillas lo acarició con un cierto aire de desconfianza. Pero aquel animal no presentaba amenaza alguna. Con sus orejas completamente replegadas hacia atrás, su mirada de desconsuelo le sugería que se había perdido.

—Pronto te daré algo de comer —le dijo, aun sabiendo que no le entendería.

El animal siguió sus pasos de cerca a medida que recorría cada rincón de la casa, abriendo cada puerta, escudriñando cada placard, cada cajón. Una vez que la planta superior había sido revisada por completo, se dirigió hacia la puerta posterior que comunicaba con el extenso parque. La luz del sol comenzaba a dibujar extensas sombras en la tierra a medida que se escondía entre las ramas de los árboles. Eduardo se detuvo y respiró profundamente. A pesar de las malas condiciones en que se encontraba, el parque ofrecía un espacio más que amplio para disfrutar de cualquier actividad al aire libre. Con un poco de trabajo y paciencia, lograría convertir ese espacio en un área de esparcimiento y relajación. Un sinfín de arbustos decoraban los límites de la casa con sus innumerables tonos verdes. Un sendero de finas piedras prolijamente colocadas recorría toda la extensión del parque. Un par de árboles ofrecían sombra en las calurosas tardes de verano, donde descansaba un antiguo y oxidado juego de mesa y sillas de exterior. Pero lo que más llamó su atención fue un gran árbol que gobernaba el centro de aquel amplio parque.

Eduardo avanzó caminando sobre el pasto seco que crujía bajo sus pies. Giró la cabeza para ver al perro, que había decidido quedarse, esta vez, en el interior de la casa. A pesar de su llamado, no pudo convencerlo de acercarse a su lado. Continuó avanzando, alzando su mirada para contemplar la magnitud de aquel árbol. Su ancho y retorcido tronco soportaba todo el peso del gigantezco árbol, cuya copa superaba los 25 metros de altura. Eduardo no pudo reconocer su especie. Se detuvo bajo su sombra y extendió la mano para tocarlo. Sus ramas no parecían ser afectadas por el viento, pues se mantenían firmes al igual que sus hojas. Frunciendo el entrecejo, Eduardo pasó su mano por sobre la rugosa corteza. A pesar de su apariencia, se sentía suave al tacto, hasta juraría haber sentido cierta calidez. Entrecerrando sus ojos, notó algo que le llamó poderosamente la atención. Toda la circunferencia de su tronco estaba tallada con incontables nombres. Tan pequeños eran que era difícil distinguirlos a simple vista. Un sinfín de nombres de mujeres y hombres se podían leer sobre su corteza, prolijamente tallados uno al lado del otro, hasta donde sus ojos podían llegar. ¿Quién se había tomado el trabajo de hacer esto? ¿Acaso era una costumbre aquí? En ese momento pensó que aquel árbol significaría algo para los habitantes de aquel sitio. Sin dedicar mucho tiempo a pensarlo, dio media vuelta y regresó hacia la casa, donde el perro lo esperaba ansioso.

La lluvia torrencial golpeaba con fuerza contra el ventanal de vidrio. La casa entera crujía ante el viento que azotaba aquella noche. Desde donde se encontraba, Eduardo podía ver la extensión del parque. Los fugaces relámpagos iluminaban por un momento todo el lugar. A lo lejos se veían las copas de los árboles danzar al compás del viento y las hojas abandonar sus ramas para emprender un viaje sin regreso. Pero lo que llamó su atención fue ese viejo árbol. Su imponente estructura parecía hacer caso omiso a las inclemencias del tiempo. El viento y la lluvia no tenían poder sobre él. Una sensación de curiosidad extrema lo invadió, a tal punto que no lograba quitar su mirada de él. Su forma irregular en la oscuridad de la noche lo convertía en un gigante digno de la mejor película de terror. ¿Qué significarían los nombres tallados en él? Esa era una de las tantas preguntas que debería hacer a sus nuevos vecinos; o tal vez a los antiguos moradores del lugar, si es que los encontraba. Se recostó nuevamente girando su cabeza hacia la ventana, desde donde podía observar al gigante.

Los primeros rayos de sol se colaban entre las ramas dando comienzo a un nuevo día. Irregulares charcos se extendían por todo el jardín, testigos de la tormenta que había azotado el lugar la noche anterior. Eduardo tomo su taza humeante de café y se acercó a la puerta posterior, observando con gesto pensativo, casi obsesionado, el gran árbol que se alzaba ante sus ojos. En su interior, se preguntaba qué era lo que le llamaba tanto la atención de ese árbol en particular. Dejó la taza sobre la mesa y se decidió a salir nuevamente al jardín. Las sandalias se hundían en el agua lodosa y fría a medida que avanzaba. Después de cubrir la distancia que lo separaba del árbol, se detuvo. Alzó sus manos y comenzó a acariciar con sus dedos la suave corteza, leyendo los nombres que en ella se encontraban marcados. Una indescriptible sensación recorrió su cuerpo. No había sentido algo igual antes. No era miedo, no era ansiedad, ni frio, ni calor, ni nada que pudiera describir con palabras. Sus manos continuaron recorriendo con suavidad el tronco hasta que se detuvieron. En medio del mar de nombres había un hueco vacío. Un espacio en blanco. Un espacio suficiente para un nuevo nombre. En ese preciso instante, y sin pensarlo, lo decidió. Ese sería su espacio.

Regresó al interior de la casa dando grandes zancadas y se dirigió hacia la cocina para tomar un cuchillo. El perro siguió su carrera de vuelta al jardín, justo antes de detenerse detrás de la puerta. Eduardo avanzó hacia el árbol con el cuchillo en su mano, decidido a marcar su existencia como tantos otros lo habían hecho con anterioridad. El animal ladraba incesantemente, mostrándose visiblemente nervioso.

—¡Silencio! —exclamó con tono de furia a medida que trataba de encontrar nuevamente el espacio vacío.

Unos instantes después que sus dedos recorrieron la superficie del árbol, pudo descubrir nuevamente aquel espacio. Perfecto. Tratando de abstraerse de los ladridos de aquel perro, se concentró en la escritura de su nombre. Aquel espacio era perfectamente suficiente para tallarlo. Alzó su brazo y tomando firmemente el cuchillo en su mano hizo el primer surco en la superficie oscura de la corteza. En ese instante llegó a sus oídos un grito lejano, casi humano, pero no fue suficiente para distraerlo de su tarea. El cuchillo marcaba profundos surcos sobre la corteza del árbol, de donde emanaba un líquido rojizo y espeso. Con paciencia obsesiva continuó su tarea hasta marcar la última línea, para luego alejarse unos pasos hacia atrás y observar su hazaña. En lo que antes era un espacio vacío ahora se podía leer un nuevo nombre.

De su boca salió una sonrisa. Se sentía extrañamente aliviado, como si hubiese completado una tarea de la cual dependía su vida. Quedó un instante observando en silencio su propio nombre tallado en el tronco del gran árbol. Giró la cabeza hacia la casa. El perro había desaparecido, ya no se escuchaba su ladrido. Ingresó nuevamente dejando detrás de sí pisadas de barro sobre el brillante piso. Aun conservaba su pijama y la taza de café a medio tomar continuaba humeando sobre la mesa. Una sensación de confusión invadió su mente y se dejó caer sobre el sofá levantando una nube de polvo. Observó el cielorraso decorado con extrañas figuras de yeso y cerró los ojos.

El ladrido del perro lo despertó nuevamente de su sueño. Abrió los ojos lentamente sintiendo la pesadez de sus párpados. La luz del amanecer comenzaba a teñir el cielo de tonos azulados. Una brisa fría lo hizo estremecer. ¿Había dormido todo un día entero? Se quiso reincorporar, pero le fue imposible. No podía mover ningún músculo de su cuerpo. Miró a su alrededor. Estaba en el parque. A una altura considerable del suelo. ¿Qué hacía allí arriba? Intentó moverse pero fue en vano, podía sentir la rigidez de su cuerpo. Frente a él, la casa continuaba tal como la había dejado el día anterior. Vio al animal de pie en la puerta, ladrando desesperadamente. Bajó la vista para ver una pareja que se encontraba al pie del árbol.¿Quiénes eran esas personas? ¿Qué hacen en mi casa? Un sinfín de pensamientos surcó su mente. No podía comprender lo que estaba sucediendo. Intentó realizar cualquier movimiento, pero no podía sentir sus brazos y piernas.

Al pie del árbol, el extraño blandió un cuchillo en su mano.

Sin poder evitarlo, vio cómo el metal se enterraba en la corteza. Con indescriptible dolor sintió el cuchillo cortar su propia carne. Gritó desgarradoramente, pero parecía no emanar sonido alguno. Con horror observó y sintió en carne propia el trabajo lento y terrible de la cuchilla sobre la corteza, que ahora se había convertido en su propia carne. En ese momento comprendió. Y cuando lo entendió, a sus oídos llegaron los desgarradores gemidos de las personas que habían caído en la terrible trampa de aquel árbol que se alimentaba de almas.

"Vale más actuar exponiéndose a arrepentirse de ello, que arrepentirse de no haber hecho nada."
GIOVANNI BOCCACCIO

LA PUERTA

Ezequiel Pineda

—Carolina, déjame pasar —pidió aquél detrás de la puerta.

—¡No quiero, vete por favor! —gritó la mujer del otro lado, denotando nerviosismo en su voz.

—¿Por qué Carolina?, hablemos, déjame entrar — a diferencia de ella, su voz era apacible.

—No se quién eres, no te conozco, no logro comprender qué quieres de mí, aléjate ya —Su tono se tornó desesperante mientras sostenía la puerta con el peso de su cuerpo tratando de evitar que entrara sin su permiso. Pero nadie empujo del otro lado.

—Sólo quiero protegerte, corres un gran peligro, invítame a entrar y en mis brazos no tendrás nada que temer —Un tinte de tristeza manchó la voz de éste que insistía con notable paciencia ingresar junto con la mujer.

La respuesta fue silencio, un silencio que pareció eterno, hasta que las sombras de la habitación rodearon a Carolina, la aferraron con firmeza y la arrastraron hacia la oscuridad.

Entonces comprendió.

Se sintió fríamente desolada, sus ojos se posaron en el picaporte de la puerta que nunca quiso abrir, y mientras se alejaba cada vez más, arrastrada por las frías garras de las tinieblas, tardíamente se arrepentía de su error.

Ya era tarde para que entrara su salvador.

"Yo estoy a la puerta y llamo…"

"La magia es un puente que te permite ir del mundo visible hacia el invisible. Y aprender las lecciones de ambos mundos."

PAULO COELHO

EL SUSTITUTO DEL MAGO

Sergio Helguera

Al descender del taxi observé con asombro la inmensa cantidad de luces que el teatro ostentaba en la extensión de su marquesina. Un sinfín de brillantes colores iluminaban la Avenida Corrientes convirtiendo el lugar en una parada obligatoria para los curiosos transeúntes. Extendí mi mano en un gesto de caballerosidad hacia mi amada esposa, quien se había vestido especialmente para tal ocasión. En sus ojos brillosos de asombro ante tal puesta en escena, se reflejaban las letras del nombre que se alzaba sobre nuestras cabezas. *Alexander el mago* se presentaba en letras corpóreas sobre la marquesina, rodeado de infinitas luces danzantes.

Tomados de la mano avanzamos lentamente entre la multitud y nos adentramos en el interior del viejo teatro. Orgulloso extraje las dos entradas del bolsillo interior de mi saco y se las entregué a la bella secretaria que aguardaba de pie a un lado de la puerta que comunicaba con la sala. Con una leve sonrisa de bienvenida, cortó con sus manos un extremo de las entradas y me las dio nuevamente. Con un tímido "gracias" continuamos avanzando junto con las demás personas. La escena que se presentaba ante nuestros ojos no podía ser más extravagante. El salón estaba minuciosamente decorado con brillantes telas doradas que colgaban de las paredes, extraños símbolos y fotografías de lo que parecía ser escenas de tiempos antiguos. El escenario estaba cubierto por una gigantesca cortina negra. Una suave música sobresalía apenas sobre el incesante bullicio de la gente. Casi la totalidad de las butacas estaban ya ocupadas por los impacientes espectadores que observaban una y otra vez sus relojes. Continuamos recorriendo el angosto pasillo hasta llegar a la fila número tres, donde se encontraban nuestras butacas. Con un gesto de entusiasmo y ansiedad, mi esposa se sentó en su asiento y yo la seguí hasta ocupar el mío. Mirando nuestros relojes casi al unísono, coincidimos en que quedaban pocos minutos para que comience el espectáculo.

Para sorpresa de todos los presentes, un fuerte sonido se escapó de los parlantes y un espeso humo gris comenzó a ocultar el escenario poco a poco. Haces de luz iniciaron su danza coordinada sobre el telón que lentamente se alzaba. La música se hizo cada vez más intensa y, de pronto, una figura apareció entre el humo alzando sus dos brazos. De inmediato nos unimos en el aplauso de la multitud que colmaba aquel teatro. Miré a mi esposa que aplaudía con fuerza a mi lado, orgulloso de poder darle la posibilidad de disfrutar aquel espectáculo que tantos nos habían recomendado. Luego de una impecable presentación digna de Broadway, los aplausos cesaron y volvimos a sentarnos. El show había comenzado.

Observé a mis espaldas las incontables filas de asientos que se extendían hasta la pared posterior. La sala estaba completamente llena. Había transcurrido casi una hora de espectáculo y los trucos de aquel mago eran cada vez más complejos e impactantes. Comprendí en ese momento el por qué de tantas recomendaciones de amigos y compañeros de trabajo. Sentada a mi lado, mi esposa observaba casi sin pestañear cada movimiento, cada sutil gesto en su afán por descubrir el truco. De pronto, el mago se acercó lentamente para detenerse justo en el borde del escenario, al tiempo que una de sus secretarias le entregaba un micrófono.

—¿Hay algún valiente en esta noche que se atreva a desafiar su destino?

Ante tales palabras, muchas manos se levantaron. Fue en ese instante cuando sentí un leve codazo en mi costilla derecha. Con un gesto, mi esposa me alentaba a que alzara mi brazo, al tiempo que extraía de su cartera el celular y activaba su cámara de fotos. Tal vez sin pensarlo demasiado levanté mi mano y la mantuve alzada. Sólo era una mano más entre tantas otras, las posibilidades eran mínimas, pensé. Justo en ese instante, ante mi asombro, la mirada del mago se clavó en la mía y con una sonrisa alzó su mano y me señaló con su dedo.

—¡Ya tenemos a nuestro valiente caballero! —exclamó.

Los haces de luz se dirigieron de inmediato hacia el lugar donde me encontraba. Me puse de pie mientras las demás personas aplaudían mi supuesta valentía. Observé a mi esposa levantar su celular para grabar el momento. Me incliné una vez más para darle un beso cuando una de las asistentes me tomó de la mano y me dirigió hacia el escenario. Los aplausos no cesaron hasta que me encontré de pie junto a Alexander, justo en medio de la plataforma. Desde ese lugar, la multitud desaparecía por completo; las brillantes luces me impedían ver los rostros de las personas frente a mí. Me fue imposible distinguir la ubicación de mi esposa. El calor de las lámparas hacía que el sudor cayera sobre mi frente. Para mi sombro, varias velas encendidas se habían dispuesto en el borde del escenario, cosa que no había visto antes en un show de magia. Accediendo al pedido del mago alcé mi brazo para saludar a las demás personas, quienes respondieron con otro espontáneo y breve aplauso.

Estando tan cerca pude notar su rostro. Debajo de su sombrero de copa, alcancé a ver el color peculiarmente extraño de su piel y su mirada parecía perdida, sin vida. No presté mucha atención a las palabras de Alexander, tal vez por la emoción del momento o los nervios, o la ansiedad. Cuatro asistentes vestidas con poca ropa se aceraron hacia nosotros trayendo consigo una caja rectangular, más bien parecida a un ataúd en su aspecto. Una de ellas entregó en manos del mago un gran serrucho oxidado y de dientes dispares. Alexander lo dobló y golpeó contra la caja evidenciando su firmeza. El sonido metálico retumbó en el silencio de la sala. Luego de unas palabras de Alexander hacia la multitud, dos secretarias me acompañaron hacia la caja de madera y me ayudaron a introducirme en ella lentamente. Con dificultad me acomodé en su interior. No parecía ser más que una simple caja de madera. Por más que lo intentase, no logré distinguir nada fuera de lo común en ella. Mi cabeza y mis pies eran lo único que sobresalía de aquella caja. En el interior, apenas había lugar para mover mis brazos, parecía estar hecha a mi medida. "Tal vez por ese motivo me eligieron a mí", pensé. Toda mi vida había jurado que los voluntarios de magos eran personas previamente contratadas. Aquella situación echaba por la borda ese pensamiento.

Las luminarias del escenario se apagaron por completo, solo un haz de luz se posaba sobre el cajón donde me encontraba encerrado. Las tenues llamas danzantes de las velas marcaban el límite de la plataforma. Después de unas palabras en un idioma que no pude entender, una asistente se acercó hacia mí y cubrió mi cabeza con un paño negro, para ajustarla después sobre mi cuello. Con mi rostro totalmente cubierto, solo podía escuchar el susurro de la multitud que rompía con el silencio de la sala. Nuevamente el golpe del serrucho retumbó en mis oídos al impactar una y otra vez contra el borde de la caja de madera. Y, segundos después, sentí los dientes metálicos morder con furia la madera en su constante vaivén. El murmullo de la gente cesó por completo. "Es solo un truco", pensé para tranquilizarme. Nunca imaginé estar tan nervioso por un simple truco de magia. Respiré profundamente y traté de relajarme al tiempo que escuchaba el trabajo continuo de la herramienta. De pronto, un intenso ardor se extendió a lo largo de mi abdomen, obligándome a contraerme instantáneamente. Con un nuevo movimiento de aquella herramienta metálica el dolor se hizo más intenso y pude comprender lo que estaba sucediendo.

Me estaba cortando realmente.

Mis intentos por moverme eran inútiles, el cajón era demasiado angosto. Quise gritar, pero mi boca parecía estar adormecida. Con desesperación intenté abrir mi boca, pero ningún sonido salía de ella. Podía sentir los dientes de metal abrir mi piel y desgarrar la carne debajo de ella. El dolor era insoportable. Nadie parecía percatarse de lo que estaba sucediendo. ¿Acaso nadie, ni siquiera el mago podía ver o sentir lo que sucedía? Un nuevo intento por moverme fue inútil. El incomparable dolor que sentía estaba enloqueciéndome. El serrucho continuaba su mortal trabajo lacerando mis órganos internos. Podía sentirlo atravesar mi cuerpo lenta pero irremediablemente. Fue en ese instante cuando el dolor cesó por completo y sentí un tremendo alivio. Cerré mis ojos y respiré profundamente, agitado por la desesperación.

Al abrir mis ojos nuevamente, observé al mago de pie junto a la caja de madera, con el serrucho en su mano. "¿Cómo habrá hecho para hacerme sentir semejante experiencia?, pensé en ese momento. Para mi tranquilidad, noté que el serrucho no estaba cubierto de sangre. Sonreí nerviosamente y saludé a la multitud, pero ésta no respondió a mi saludo esta vez. Sin prestarme demasiada atención, Alexander giró sobre sí mismo y con un movimiento separó las dos partes del cajón. Giré la cabeza hacia mi espalda y, con horror, observé aquella caja partida en dos mitades iguales.

Con una persona en su interior.

Quedé paralizado. Los zapatos que se alcanzaban a ver en la otra mitad eran exactamente iguales a los míos. Bajé la mirada para ver mis propios zapatos cuando noté con desesperación la mancha de sangre que se extendía a través de mi camisa. Rápidamente desabotoné la camisa sobre mi estómago para descubrir una herida sangrante que rodeaba mi cintura. No sentía dolor alguno, solo frío. A pesar de las muchas lámparas sobre mi cabeza, sentía frío, un frío insoportable. A pocos metros, el mago unió nuevamente la caja. Luego de unos instantes, las asistentes se acercaron para ayudar a la persona en el interior de aquel ataúd. Alexander giró levemente su cabeza y por un instante pareció mirarme fijamente a los ojos esbozando una leve sonrisa. Paralizado ante la situación, y sin comprender demasiado lo que sucedía, observé a esa persona salir de la caja y ponerse de pie, aun con su cabeza cubierta. El mago se acercó, tomó la capucha y la extrajo de un tirón, dejando descubierto su rostro sonriente.

Esa persona era yo.

Al ver esto me acerqué rápidamente, pero por más que lo intentase, nadie parecía verme o notar mi presencia. Grité con todas mis fuerzas. Salté, intenté empujarlos pero todo era en vano. Escuché los aplausos de la gente mientras "mi otro yo" descendía las escaleras de la plataforma y se unía en un abrazo con mi esposa. ¿Será posible que no se dé cuenta? Me acerqué hacia ellos y traté en vano de hacer notar mi presencia. Los observé besándose apasionadamente sin poder evitarlo. Todo parecía transcurrir en cámara lenta. Me arrodillé en el pasillo y cerré los ojos en un intento por terminar con la pesadilla.

El tiempo parecía haber perdido su constante. Sin darme cuenta, el show había finalizado. La gente comenzaba a ocupar los pasillos para la salida del teatro. Me abrí paso entre la multitud, aunque tenía la sensación de no ocupar espacio alguno. Me detuve de inmediato al verlos. Tomados de la mano, mi esposa y mi sustituto se alejaban entre la gente. Sentí un escalofrío en todo mi cuerpo, y poco tiempo después quedé solo en la sala. Observé nuevamente mi camisa empapada en mi propia sangre, pero no podía sentir dolor. Poco a poco comenzaba a comprender que ya no pertenecía a ese mundo.

Ya nunca más.

*"Los poetas son hombres que han conservado
sus ojos de niño."*
LEÓN DAUDET

UNA MURALLA INVISIBLE

Sergio Helguera

Dicen que las mejores cosas de la vida suceden sin esperarlo, y así fue como sucedió aquella fría mañana de primavera. Aunque la vida aún era algo novedoso para él, y muchas nuevas sorpresas golpeaban la puerta cada día. Lenta e inevitablemente se iba acostumbrando a la rutina, mezclando la realidad con la imaginación, marcando cada vez con más firmeza la línea que las separaba. Nunca imaginaría que, en ese preciso instante, abriría sus ojos para ver la realidad de un universo al que, sin dudarlo, pertenecía. Mucho más hermoso e increíble que el mejor de sus sueños, se abrió ante su mirada un maravilloso mundo, repleto de personajes fantásticos y colores nunca antes vistos. Formas, tamaños y movimientos lo asombraron de tal manera que su boca se abrió sin notarlo y sus ojos no alcanzaban a abarcar toda aquella fantástica extensión. Una sonrisa se dibujó en su rostro y se dejó llevar por un impulso que provenía de lo más profundo de su ser. Sin pensarlo dos veces dio un paso hacia adelante, para sumergirse en ese mundo de ensueño.

Fue en ese instante cuando sintió un golpe en su frente. Levantando sus pequeñas manos, sintió la fría superficie de un vidrio que se alzaba delante de él. Una ventana, una puerta transparente, un muro imposible de traspasar. Una barrera impenetrable que lo separaba de aquel maravilloso universo de color. Sus dedos recorrieron insistentemente toda la extensión de aquella muralla, pero fue en vano. Golpeó una y otra vez la barrera invisible que le impedía avanzar, pero sus fuerzas no fueron suficientes para derribarla. La frustración comenzaba a tomar forma en su rostro y en su mente. ¿Cómo sería posible? ¿Qué fuerza misteriosa le impedía acercarse y vivir para siempre en ese increíble mundo? Quedó en silencio y suspiró profundamente, observando detenidamente cómo aquellos personajes lo miraban desde el otro lado.

Con su nariz apoyada en la pared invisible, sus ojos recorrían una y otra vez toda la extensión de aquel valle de ensueño. Una tropilla de caballos de colores perseguía a un unicornio azul que era montado por un increíble ser de poderes inimaginables. No muy lejos de allí un pequeño ser del espacio exterior trataba de encender su diminuta nave espacial, mientras reía a carcajadas con un oso de colores que no podía reconocer. Ajenos a lo que les rodeaba, una princesa dialogaba cordialmente con un soldado, ambos en el interior de un hermoso auto brillante. La larga cola de un dinosaurio impedía el paso del tren a vapor que realizaba su recorrido. Por donde sus ojos mirasen, encontraba innumerables personajes, naves, automóviles y seres de poderes ilimitados que jamás hubiese podido siquiera imaginar. Todos conviviendo en ese maravilloso mundo. Un mundo al que quería pertenecer.

Se alejó un poco de la barrera invisible, y ésta le devolvió el reflejo de su rostro. Contrastando con aquel mundo feliz, podía ver sus ojos llorosos y una lágrima que comenzaba a recorrer

214

su mejilla. Golpeó una vez más la pared invisible y trató en vano de empujar. Sus fuerzas y su voluntad no eran suficientes. ¿Cómo pudo haber llegado hasta ahí? ¿Cómo sería posible que no pudiera entrar en ese mundo? ¡Estaba seguro que era allí donde quería vivir por siempre! Gritó con todas sus fuerzas con la esperanza que lo escucharan, pero su voz no pudo penetrar la muralla invisible. Aquellos seres permanecían inmutables a sus plegarias.

En ese momento sus dos ojos fabricaban lágrimas sin cesar, mojando sus manos y opacando aquella pared que lo mantenía cautivo. Ya casi sin fuerzas, dio pequeños golpes con sus dedos y apoyó su mejilla contra la barrera invisible. Los seres del otro lado parecían no percatarse de su presencia. Seguramente estarían muy ocupados divirtiéndose en ese maravilloso universo. En aquel momento comenzó a preguntarse ¿cómo continuaría la vida? ¿Estaría encerrado en aquel lugar para siempre, detrás de esa pared invisible? ¿Se darán cuenta, en algún momento, de su presencia? Todo su mundo comenzaba a volverse extraño y confuso.

Sin poder evitarlo, comenzó a llorar desconsoladamente. Las lágrimas impedían ver con claridad aquel mundo deseado. Todo se volvió borroso y lo único que podía hacer es rendirse a la fuerza de la muralla, arrodillarse ante su presencia y rogarle piedad para ingresar a su mundo.

En ese instante, de forma inesperada, una mano lo tomó de su brazo y lo ayudó a ponerse de pie. Secó sus lágrimas y miró hacia arriba. De inmediato reconoció su rostro. Era su mamá. Una sonrisa apareció repentinamente y la pena desapareció con su magia. Avanzando por una calle ruidosa y rodeado de piernas que iban y venían, giró la cabeza una vez más, deseando volver a ver algún día aquel maravilloso mundo, un mundo al cual pertenecía.

"Una mosca, señor, puede picar a un caballo majestuoso y hacerlo estremecerse de dolor; pero la primera seguirá siendo nada más que un insecto, y el segundo, empero, un caballo."

SAMUEL JOHNSON

EL INFILTRADO

Sergio Helguera

Su espalda golpeó con fuerza contra la pared metálica, con un sonido seco e invadiendo de dolor cada centímetro de su cuerpo. Se dejó caer lentamente, deslizándose hacia el suelo a medida que sus piernas dejaban ya de responderle. Se sintió aliviado cuando su cuerpo permaneció inmóvil, recostado en aquel oscuro y frío rincón. Podía sentir el latir de su corazón en sus incontables intentos por escaparse de su pecho. Su boca reseca dejaba escapar el aire en un gemido apenas audible. Sus ojos recorrieron toda la extensión de la sala de máquinas. Innumerables rincones tan sombríos que ni siquiera la luz se atrevía a penetrarlos, potentes y ensordecedoras máquinas continuaban el fragoroso trabajo, ajenas a lo que ocurría alrededor. Una gota de agua cayó sobre su pierna, un claro anticipo del fin que estaba pronto a ocurrir. Resopló con fuerza, ya no importaba evitar el ruido, seguramente su posición ya había sido descubierta siquiera antes que lo pensara. Examinó el arma que sus temblorosas y sudorosas manos sujetaban con fuerza. El cargador estaba completo y listo para disparar al menor movimiento, al menor sonido, ese maldito y característico sonido que emitía al desplazarse. Alzó la vista una vez más y, con rápidos movimientos oculares, recorrió por tercera vez la estrecha sala de máquinas.

Observó su reloj. Cinco horas habían transcurrido desde que se encendió la alarma por primera vez. Nicolay había amanecido sin vida, al igual que Vladimir Koslov y su compañero Sergey Petrov. Todos ellos de la misma y atroz manera. Había quedado muy en claro que el asesino estaba entre ellos, conviviendo juntos en el reducido espacio del K-778 Yuri Nóvikov, el más avanzado y poderoso submarino nuclear creado hasta el momento en el mundo. Pero sus ingenieros y el potente armamento con el que contaban no habían anticipado su debilidad más grande: un infiltrado capaz de atacar desde el interior, terminar con la vida de todos sus tripulantes. ¿De qué servía semejante monstruosidad, tal máquina mortal sin nadie que la controle? De más estaba decir que la misión se encontraba ya cancelada, y nadie iba a acudir al rescate, simplemente se encontraban muy ocupados tratando de sobrevivir a la más sangrienta guerra que se libró hasta hoy. En vano se enviaron decenas de pedidos de rescate, nadie había respondido a ellos. Las esperanzas se habían extinguido horas atrás cuando Alexei, el único capaz de operar el radio, cayó muerto frente a él. Diecinueve tripulantes muertos, los más capaces y fuertes hombres elegidos especialmente para tripular aquel nuevo orgullo Ruso, la prometedora máquina de guerra que terminaría por acabar con el enemigo. Las diversas medidas de seguridad de la nave no surtieron efecto alguno, simplemente eran inútiles, incapaces de detectar sus sutiles movimientos o anticiparse a su próximo ataque.

Con una mueca de dolor, extendió su brazo y, sosteniéndose de una barandilla metálica, volvió a ponerse de pie. El golpe en la pierna sufrido minutos atrás durante una corrida por los angostos pasillos le impedía moverse con facilidad. Era presa fácil, ya era hombre muerto. La gotera en uno de los paneles metálicos se había convertido en un hilo de agua que caía sobre una de las máquinas, creando un creciente charco en el suelo. Pronto comprobó que no era uno, sino varios los charcos que lentamente envolvían sus pies. La nave se estaba hundiendo en la profundidad del pacífico. Fue entonces cuando tomó cabal conciencia de la situación. Las lágrimas comenzaron a escapar de sus ojos y rompió en llanto. El arma se deslizó de su mano, cayendo sobre el agua que cubría el piso. ¿De qué le servía? Sus compañeros habían gastado incontables cargadores intentando terminar con el maldito intruso, pero ninguna bala lo había alcanzado. Los gruesos paneles de acero no habían impedido que los disparos perforaran la coraza y la nave había comenzado a sucumbir. El frenetismo por terminar con aquel intruso había enloquecido a todos, actuando sin medir las consecuencias. Simplemente era demasiado ágil, demasiado astuto. Pero de una cosa estaba seguro, aquel asesino iba a terminar sus días al igual que él, en el interior del K-778, aplastado como una polilla bajo el peso del océano, en la oscuridad de las profundidades del mar. Para su sorpresa, eso lo reconfortaba levemente, un consuelo inútil. El destino estaba escrito para ambos, era cuestión de tiempo. Se reincorporó, secándose las lágrimas. Era un hombre rudo, al cual no se le permitía derramar lágrimas frente a otras personas jamás. Se sintió avergonzado por lo ocurrido, aun cuando nadie podría verlo.

Recogió el arma, la cual descansaba sobre un centímetro de agua salada. Podía notar la creciente inclinación del suelo bajo sus pies. El submarino comenzaba su lento e incontrolable viaje hacia su destino final. Algunos paneles eléctricos comenzaron a chispear como pequeños fuegos artificiales hasta que, de pronto, la sala quedó a oscuras. De inmediato avanzó hasta el acceso, donde descansaba una especie de caja metálica que contenía una linterna en su interior. Gracias al entrenamiento recibido antes de la misión, podía recorrer cada centímetro de esa nave sin necesidad de utilizar la vista. Un instante después, el débil haz de luz de la linterna recorría el estrecho pasillo que llevaba hacia la sala de control de máquinas. Con cuidado, pasó sobre el cuerpo sin vida de Sergey y, junto a él, el cadáver de Nicolay, ambos con la característica expresión en sus rostros del terror que se aproxima, sus ojos abiertos y sin vida mirando hacia el infinito. El haz de la linterna descubrió los cuerpos de cinco tripulantes más, para luego volver a perderse en las sombras. En ese instante lo sintió.

El sonido.

Un escalofrío recorrió su cuerpo. Su mano afirmó fuertemente el arma, preparada para disparar al menor movimiento. Con dificultad, avanzó lentamente por el pasillo hasta asomarse a la sala de control. No vio movimiento alguno, aunque sabía que el ataque podría llegar desde cualquier rincón. Su visión se limitaba al estrecho haz de luz que la pequeña linterna le proporcionaba. El oxígeno se estaba acabando, y su visión comenzaba a ser dificultosa, la frecuencia de su respiración se había convertido en un jadeo constante y doloroso. Sólo deseaba una cosa, terminar con la vida de aquel infiltrado antes de que la suya llegue a su fin. Esa era su última plegaria, su último deseo por cumplir. A medida que recorría la sala con cautela, se preguntaba cómo había sido posible que no lo hayan percibido durante los más de treinta días desde que abordaron aquel submarino. Cómo podría ser posible que ninguno de los veinte tripulantes de esa nave, incluso él, no habían notado su presencia. Por qué diabólica razón decidió atacar esa noche, terminar con la vida de todos de una sola vez. Era evidente que estaba consiente que ellos no tendrían oportunidad frente a su mortal embestida. Su capacidad de esconderse y camuflarse en cualquier sitio, sus veloces movimientos y su ágil y efectivo ataque eran insuperables aún para aquellos valientes y adiestrados marineros. Aquel asesino estaba hecho para eso, y lo sabía bien.

La inclinación de la nave se volvió ahora mucho más pronunciada y avanzar a través de ella se había vuelto una tarea casi imposible, más aun con una pierna inútil. En ese momento se rindió. Se preguntaba por qué no lo había matado aun, qué motivo tenía para dejarlo con vida. ¿Acaso se estaba burlando de él? ¿Estaba jugando con sus pensamientos? ¿Volverlo loco hasta el último segundo de su vida? Miles de preguntas cruzaron por su cabeza cuando el silencio invadió el lugar. Los motores habían cesado su trabajo, rindiéndose bajo el peso del agua de mar que había tomado posesión de la sala de máquinas. El silencio le permitió sentir el crujir del metal a medida que descendían con rapidez hacia las profundidades. Advirtió la presión del exterior sobre los paneles de acero de cinco pulgadas, como si fueran una fina capa de aluminio. Hizo girar una de las sillas y se sentó en ella, dejando la linterna apoyada sobre un inútil teclado. La luz iluminaba una serie de máquinas inertes del otro lado de la sala. Uno de los cuerpos se movió de pronto, exaltándolo en gran manera, cuando comprendió que sólo estaban cayendo por la gravedad. Entonces, en un momento de extraña demencia, gritó.

—¿¡Dónde estás, maldito!? —exclamó— ¡Estoy aquí, esperándote!

La única respuesta fue el silencio. ¿Habría muerto? ¿Acaso fue alcanzado por una de los cientos de balas disparadas? Tal vez se encontraba herido, imposibilitado de moverse y terminó ahogándose en un rincón de la nave. Volvió a gritar, rompiendo el mortal silencio que lo rodeaba.

—¡Ven a matarme de una vez!

Luego, el silencio. Sin respuesta alguna, tomó la linterna e iluminó los cuerpos que yacían a un lado. No había señal de movimiento. Una extraña y enérgica desesperación lo invadió. Con un estruendoso rugido, un panel lateral sucumbió bajo la presión y el agua comenzó a invadir el lugar rápidamente. Su corazón comenzó a acelerarse a una velocidad increíble. Le costaba respirar. Volvió a gritar por sobre el rugir del agua, con la esperanza de encontrar a aquel infiltrado y verlo por última vez y, quizás, terminar con su vida. Pero nada ocurría. Tomó la linterna y se arrinconó en el extremo más elevado de la sala de control. El arma se había perdido bajo el agua, entre la infinidad de cables y papeles que flotaban en ella. Era cuestión de minutos para que la presión ponga punto final a su vida. Su cuerpo comenzó a temblar incontrolablemente. El frío era indescriptible. Había perdido por completo el control de sus extremidades. Entonces lo vio.

Estaba allí. Frente a él.

Inmóvil, observándolo con la frialdad de una máquina asesina, calculando cada uno de sus movimientos. Fue inútil moverse, había quedado paralizado frente a su presencia. Se limitó a contemplar su diminuto cuerpo acercarse lentamente pero con seguridad hacia él. Desde el extremo de sus finas antenas hasta la punta de sus alas plegadas no medía más de diez centímetros. Extendió sus alas y se deslizó con su característico zumbido, aquel sonido que anticipaba la muerte inmediata. Se posó sobre su pierna, sintiendo la terrible sensación de su caminar sobre su rodilla a medida que alcanzaba su abdomen. Sus pequeños ojos negros brillantes parecían escudriñarlo con una diabólica curiosidad al tiempo que sus ligeras antenas no cesaban de moverse hacia todos lados. Tragó saliva, justo antes de sentir su aguijón penetrar su pecho.

No dejó de mirarlo, aun mientras todo a su alrededor comenzaba a ser envuelto por la oscuridad.

NOTAS FINALES

Mi primera máquina de escribir la obtuve a mis 12 años, y los testigos auditivos de mi afán por redactar en ella pueden dar cuenta de mi creciente inquietud por contar nuevas historias. De allí nace mi pasión por volcar toda mi creatividad en letras ordenadas sobre un papel. Este libro es la primera entrega formal de mi imaginación hacia los lectores que disfrutan sumergirse en nuevos mundos. Y de seguro es el primero de muchos más. Agradezco a mi amigo del alma y compañero de aventuras, Sergio Helguera, por darme el privilegio de acompañarlo en este primer volumen de *Dimensiones*, y por instarme a intentarlo y contagiarme su entusiasmo. A la fuerza de mi vida: Betzabet, quien me acompaña con su amor en cada paso que doy. Por supuesto, también a todos aquellos amigos y familiares que confiaron en mí y me apoyaron desde un principio.

EZEQUIEL PINEDA

No a todos les interesa la procedencia de la inspiración que nos lleva a relatar estos cuentos, pero debo reconocer que cada uno de ellos tiene una parte de mí que muy pocos pueden reconocer. Quizás escribimos para encontrar respuestas, o explicarse a uno mismo lo que no se puede explicar. Tal vez para vivir momentos que nunca vivimos, tener experiencias que no tuvimos, conocer personas que nunca antes descubrimos o viajar a lugares que jamás conocimos. Cada vez que se llega a un final es como despertar de un sueño. Agradezco a todos los que, de alguna manera, alimentaron mi imaginación. Gracias por leer este libro, espero que hayas llegado sano y salvo y que regreses en el próximo volumen, porque todos sabemos que siempre quedan historias por contar.

SERGIO HELGUERA

www.ingramcontent.com/pod-product-compliance
Lightning Source LLC
Chambersburg PA
CBHW030331030726
47499CB00003B/721